La naturaleza del deseo

Carla Guelfenbein

La naturaleza del deseo

ALFAGUARA

El papel utilizado para la impresión de este libro ha sido fabricado a partir de madera
procedente de bosques y plantaciones gestionadas con los más altos estándares ambientales,
garantizando una explotación de los recursos sostenible con el medio ambiente y beneficiosa para las personas.

Penguin
Random House
Grupo Editorial

La naturaleza del deseo

Primera edición en Chile: mayo de 2022
Primera edición en México: agosto de 2022

D. R. © 2022, Carla Guelfenbein

D. R. © 2022, de la presente edición en castellano para todo el mundo:
Penguin Random House Grupo Editorial, S. A.
Av. Andrés Bello 2299, of. 801, Providencia, Santiago de Chile

D. R. © 2022, derechos de edición mundiales en lengua castellana:
Penguin Random House Grupo Editorial, S. A. de C. V.
Blvd. Miguel de Cervantes Saavedra núm. 301, 1er piso,
colonia Granada, alcaldía Miguel Hidalgo, C. P. 11520,
Ciudad de México

penguinlibros.com

Imagen de portada: © Anne Maria Kloss
Composición: Alexei Alikin G.

ISBN: 978-607-381-682-3

Impreso en México – *Printed in Mexico*

Para Isabel Siklodi

¿Me ves por detrás en el espejo?
Sí.
¿Piensas que es bonito mi culo?
Sí, muy.
¿Quieres que me arrodille?
No es necesario.
¿Y mi cara?
Sí.
¿Mi boca, mis ojos, mis orejas?
Sí. Todo.
¿Entonces me amas totalmente?
Sí. Te amo totalmente, tiernamente, trágicamente.

JEAN-LUC GODARD. *El desprecio*

Desaparecer

Una noche, en una de nuestras ciudades, le dije que si a él le ocurría algo me quedaría varada en la ignorancia y en el dolor. No conocía a nadie de su mundo y no tenía más que su mail y su número de celular. No pensaba entonces en algo trágico, ni menos aún en lo que ocurriría. Tan solo necesitaba un puente con su universo. Aunque se tratara de una sola persona.

A la mañana siguiente, en el aeropuerto, antes de tomar su vuelo a Chile y yo el mío a Londres, me prometió que lo haría. Que hablaría con un amigo en quien podía confiar y nos daría nuestras respectivas señas, que tendería un puente para que yo lo cruzara cuando necesitara. Ese fue nuestro último encuentro, nuestra última ciudad. Un par de días después, F me bloqueó en todas nuestras vías de comunicación y me borró de su vida. Sin un insulto, sin una explicación, sin un adiós. Un golpe seco y preciso como el de una guillotina.

*

Durante tres días y tres noches, sin despegar los ojos de mi celular, esperé un mensaje suyo hecha un ovillo bajo las sábanas. Habíamos estado juntos cinco años, media década en que no pasaba más de un par de horas sin que uno de los dos le enviara una señal al otro. Su silencio me dolía como si hubiera sufrido un accidente. Había quemado todas mis naves para iniciar una vida junto a él en el departamento que a la distancia habíamos escogido y amueblado en Chile para nosotros. Había renunciado a mi trabajo como profesora de español en un colegio. Elisa, mi hija, se había mudado a vivir con su padre, y yo le había anunciado a Maggie, mi editora y amiga, que a partir del siguiente mes podía contar con el altillo donde yo había vivido hasta entonces. Había cerrado las puertas de mi vida y de pronto me encontraba suspendida en una tierra de nadie, una tierra de sombras. F había desaparecido de la faz del planeta. De nuestro planeta.

Al cuarto día, cuando la madrugada despuntaba y los faroles aún estaban encendidos, me levanté por fin de la cama, me puse unos jeans y salí a la calle. La helada me recibió agresiva. Caminé rápido, con las manos enterradas en los bolsillos de mi abrigo. En la esquina de South Hill Park con South End Road, frente a la estación de trenes, dos vagabundos tomaban quién sabe qué en vasos de cartón. Me saludaron solidarios, como si yo también perteneciera a su submundo, ese que se oculta tras las bambalinas cuando se levanta el telón y comienza el acto de cada día. Yo sabía adónde ir. A la laguna del parque de Hampstead. A la laguna de mi hijo Noah. El frío se concentraba pesado en los pastos y en los árboles. Las hojas en el sendero despedían un olor putrefacto. Un joven me adelantó corriendo. Lo observé alejarse con sus crespos oscuros que sobresalían de su gorro de lana, fresco y ágil como imagino debió ser F a su edad. De joven, solía trotar cada día. Se planteaba metas de tiempo, de distancia, y las cumplía. Retaba a sus amigos, y era siempre él quien vencía, incluso a los más jóvenes. No estaba en su sistema la posibilidad de no ser el mejor, el más fuerte, el más rápido. Era capaz de dañarse a sí mismo con tal de ganar. Como lo hizo con sus rodillas. Un dolor que lo torturaba y que aplacaba con calmantes que a veces lo aturdían. Pero aun así no cedía, buscaba las formas de dominar su cuerpo, de doblegarlo. Una batalla sin fin que, en lugar de fortalecerlo, lo desgastaba y envejecía. Tal vez su desaparición estaba relacionada con esa guerra por someter una parte de sí mismo. Pero ¿cuál? Seguí caminando con los ojos fijos en mis botas de goma. Me senté a la orilla de la laguna, sobre los pastos húmedos. En el agua se reflejaban los ojales de luz que se abrían entre las nubes. Los centelleos se ocultaban y aparecían en un preciso orden, como si llevaran a cabo un rito, como si bajo el agua hubiera un mundo que solo despertaba a esa hora quieta cuando nadie observaba. Distinguí unas cuantas truchas, auras moteadas que se agitaban y luego desaparecían. Recordé una historia que me contaba mamá cuando nos echaban a la calle del departamento de turno por falta de pago, cuando nos cortaban la luz, cuando papá escuchaba las noticias de Chile en radio Moscú con varias cervezas Carlsberg en el cuerpo y se largaba a llorar. Un hada mitad humana mitad árbol vive en el fondo de un lago y recolecta las cosas que caen en sus aguas para luego regalárselas a quienes las necesitan. El cuento perfecto. De niña, antes de dormirme, iba a ese lago porque siempre me faltaba algo. Esa mañana helada le pedí al hada que me trajera de vuelta a F.

*

Las siguientes semanas le envié diez, quince, hasta veinte mails cada día, y cada uno de ellos se estrelló con su silencio. Me llamé a mí misma una y otra vez desde algún teléfono para cerciorarme de que mi celular no se había estropeado. Busqué desesperada en las noticias alguna catástrofe que hubiera cortado las comunicaciones con Chile, un hacker, un atentado terrorista que hubiera aislado al país, una guerra, un terremoto, una plaga, una maldición, algo que mantuviera a F aislado del mundo, sufriendo como yo sufría por nuestra distancia ahora insalvable. No estaba dispuesta a considerar la posibilidad de que hubiera renunciado a mí. Es cierto que en el último tiempo habíamos tenido problemas. Pero me era imposible pensar que la forma que había encontrado para resolverlos fuera desaparecer. Cada vez que bajaba las escalinatas de mi casa a la calle, abrigaba la ilusión de que estuviera ahí, esperándome. «Nunca te haré daño, cariño», me había dicho una vez, y yo me aferraba a esas palabras. Caminaba por las calles de un Londres aún más gris, aún más frío, y me volteaba con la certeza de que era él quien tras de mí hablaba por teléfono, canturreaba una canción o estornudaba. Lo veía en un perfil furtivo doblando una esquina, en un mentón fuerte, en unas manos inquietas sobre una mesa. Me sorprendía yendo tras un hombre de su porte, su elegancia, su soltura al caminar, o que al pasar junto a mí dejaba un halo que me recordaba su olor. Presencias que ejercían sobre mí un golpe de euforia, para dejar, cuando desaparecían, oscuridad y vacío.

Junto con el dolor, vinieron las conjeturas. Tenía que haber una razón para que F me hubiera bloqueado. Algo debía haber ocurrido, algo que lo había obligado a pasar por sobre nuestro amor. Pensé en su hija menor. Su fragilidad había estado siempre ahí, tocando las puertas de nuestros cuartos. ¿Y si algo le había ocurrido a ella? ¿O a su mujer? ¿O a su nieta? ¿Algo que lo obligara a hacerme momentáneamente a un lado? Tal vez era él quien había tenido un accidente y alguien había tomado control de su mail. No descansaba buscando explicaciones. También formas de llegar a él. Pensé incluso tomar un avión y partir a buscarlo. Pero ¿por dónde comenzar si en Chile no conocía a nadie? F se las había arreglado durante esos cinco años para que yo no supiera nada más de él ni de su entorno de lo que había estado dispuesto a mostrarme.

Tuvieron que transcurrir dos años para por fin descubrir lo que había ocurrido. Y nada de lo que había pensado, elucubrado o imaginado en mis más disparatadas fantasías durante ese tiempo se acercaba ni remotamente a la verdad.

Fotografías

Un día antes del silencio, F me envió una foto que él mismo me había tomado en el Louvre en uno de nuestros primeros viajes clandestinos. En la fotografía estoy frente a la Victoria de Samotracia, la diosa alada y sin rostro, y miro hacia un costado, como una visitante anónima. Llevo un casto vestido a flores que él mismo me obsequió, y que oculta, como todos sus regalos, mis rodillas y mis hombros. Una «foto con señorita», como solía llamarles a esas imágenes que, si caían en manos de su mujer o de quien fuera, no delatarían el vínculo que nos unía. No es la más linda ni la más significativa. Al menos para mí. Tal vez él veía en ella algo que yo no. O quizás ese momento tuvo para él un significado al que nunca le puso nombre, como todo en nuestra relación, como todo en la mayoría de las relaciones, ese silencio que no surge necesariamente de la falta de palabras, sino de dos mundos que nunca llegan a encontrarse.

Esa noche vinieron más fotos. Él y yo en alguna de nuestras ciudades, lugares que pasaban tras nosotros sin tocarnos, como telones de fondo. Ya casi me dormía cuando me mandó un video de sí mismo, el último. Tiene una toalla blanca anudada a la cintura y una sonrisa fehaciente y cómplice. La suya. La de siempre. Me saluda. Se sacude el pelo mojado con ambas manos. Hay algo ridículo y a la vez conmovedor en su desnudez. Nada que anticipe lo que vendrá.

Su imagen vulnerable e íntima después de la ducha me remite a esos cubículos anónimos de los hoteles donde se iniciaron nuestras confesiones, nuestros primeros pactos. Recuerdo cuando abrazados bajo la ducha, después de que hiciéramos el amor por primera vez, me pidió que le lavara el pelo. Lo llené de espuma, masajeé su cabeza, sus orejas, su cuello. Con el tiempo se volvió un rito. Más tarde, mucho más tarde, en otro país, en otra ciudad, no pude evitar preguntarle: «¿Te lava el pelo tu mujer?», «¿te lo ha lavado otra mujer?». «Algunas veces», respondió él, e introdujo su lengua en mi boca, como lo hacía cuando surgía una pregunta capciosa, una ranura por donde ambos sabíamos que tarde o temprano —como en todas las relaciones— entraría el aliento de los celos, de la traición y del desencanto. Fue también bajo la ducha, en uno de nuestros viajes, que hicimos el «Pacto de Fusun». Fusun, la joven de una novela de Pamuk que vende carteras falsas en una tiendita de barrio en Estambul, la que sabe amar de forma innata y brutal y por quien acaso el mismo Pamuk sintió un amor obsesivo e imposible. Nuestro pacto era simple. Nos comprometía a no traicionarnos. La promesa que se hacen todos los amantes, aunque no lleve un nombre como el nuestro, tan pretencioso y a la vez tan vacío como resultó ser. Esa primera vez, bajo el agua, él sujetó mis brazos por encima de mi cabeza, los llevó contra el muro inmovilizándome, y me besó. Me gustó que me cogiera de esa forma firme y decidida, y que luego me pidiera perdón, azorado.

En el video, él acerca el rostro a la cámara, y sus labios, esos que deseé y mordí, se ciñen en un beso para mí. Ese beso fue lo último que recibí de él antes de que me bloqueara, antes de que me encerrara en el silencio como en una tumba.

Una embajada y un país

Cuando el mail de un tal F.R. apareció en mi correo, yo llevaba una vida simple, casi monástica. Hacía cinco años que mi hijo Noah había muerto. Pasaba el día escribiendo en mi cuarto, labor que tan solo interrumpía para salir a trabajar como profesora de literatura en un colegio del barrio, asistir a los esporádicos encuentros familiares en casa de mi exmarido y visitar a mi madre en su residencia de ancianos. Vivía con mi hija Elisa, que entonces tenía siete años, en el altillo de la casa de mi amiga Maggie Landor, dueña de una pequeña editorial que publicaba a autores desconocidos como yo. Entre los muros empapelados de flores de esa casa y sus ventanucos que miraban al parque de Hamsptead, estaba contenido mi mundo. Completo. Cualquier forma de felicidad mundana que traspasara esos estrictos límites que me había impuesto constituía una traición a la memoria de mi hijo.

Mi primer impulso fue borrar el mensaje. Es lo que hacía con cualquier intento de alguien por acercárseme. A veces recibía mails de personas que me hablaban de mis libros y de sí mismas como si me conocieran. Su familiaridad, en lugar de halagarme, desataba mis temores. Desde la partida de Noah siempre estaba alerta, siempre temía. Temía que un avión se estrellara contra nuestra casa, que un conductor distraído terminara con la vida de Elisa, que alguien irrumpiera en nuestras vidas y destruyera el único reducto de seguridad que había logrado resguardar de la debacle.

Pero F.R. en su mail llegaba con una historia. Edimburgo hacía treinta años, una laguna, un grupo de jóvenes universitarios de paseo, una chica que se interna en las aguas congeladas. Y lo recordé. Era un chileno mayor que nosotros que hacía un postgrado en leyes en la Universidad de Edimburgo y que, a diferencia del resto de los chilenos que conocía en ese entonces, vivía en Chile. No recuerdo cómo llegó a nuestro grupo, pero sí recuerdo que cuando yo me desvié hacia la laguna de Pentland Hills, él me siguió. Tenía unos ojos reconcentrados, animales. Permaneció en la orilla mientras yo avanzaba hacia el centro del agua congelada. El hielo crujía y mi piel despertaba bajo su mirada. Era como si ante él mi cuerpo abandonara su inocencia adolescente.

—¡Devuélvete! —lo oí gritar varias veces, mientras su silueta se desplazaba nerviosa de un lado a otro en el borde de la laguna.

El crujido se hizo más intenso. Desde la orilla él seguía gritando, pero yo ya no lo oía. El hielo cedió más. Tal vez era el momento de morir. Yo era la heroína de una novela, y morir era el destino que se forjaban las heroínas de las novelas.

Después del accidente de Noah en la laguna de Hampstead, esas aguas congeladas tomaron en mi conciencia el nombre de «La laguna negra». Como si yo misma, al desafiar la vida, hubiera implantado la semilla de la desgracia. Nunca se lo mencioné a Christopher, tampoco a mis padres. Era mi secreto más doloroso. Y el chileno, de cuya memoria tan solo quedaba una sombra, había sido parte de él. Después de ese paseo nunca volvimos a vernos.

Además de sus recuerdos y de confesarme el impacto que había tenido en él mi imagen internándose temeraria en el hielo, F en su mail me decía que estaba en Londres y que, en un par de días, en la embajada de Chile, se homenajearía a un científico chileno que había recibido un prestigioso premio. Me preguntaba si me gustaría acompañarlo.

Le contesté que sí y al instante me arrepentí. En las siguientes horas tomé el celular varias veces para decirle que me había surgido un inconveniente, pero algo me detenía. Un ramalazo ínfimo que golpeaba mi pecho y que volvía a darme una vaga noción de mí misma. Al final no lo hice, y cuando llegó la hora, pasé a buscar a Elisa al colegio, cogimos un taxi y le pedí al conductor que nos llevara a 37 Old Queen Street.

—Vamos a la embajada de Chile, Sása —le dije.

—¿Al país de la Abu? —me preguntó.

Desde que Noah y luego Elisa empezaron a balbucear, les hablé en español. Incluso hoy constituye nuestro territorio, uno donde ni siquiera su padre puede entrar. Chile, en su imaginario de niña, era un sitio lejano donde habían nacido sus abuelos y donde si encontrabas un perro solo en la calle podías llevártelo a casa y nadie te lo impedía.

—Mira quién viene con nosotras —le dije, al tiempo que sacaba de mi cartera su tortuga con alas.

Habíamos acordado que no la llevaría al colegio, pero podía estar con ella el resto del tiempo. Me miró con una sonrisa oculta bajo los labios, como diciéndome: «Tú y yo nos entendemos».

—Buenas tardes, Señor Tirabuzón —le dijo y frotó su nariz con la de la tortuga.

Me había oído alguna vez decir esa palabra y le había gustado. Se pasó semanas repitiéndola, tirabuzón, tirabuzón, tirabuzón, hasta que un día alguien le regaló la tortuga con alas y se ganó ese nombre tan poco alado. Me arrimé a ella y le di un buen apretujón.

—¡Mamá!

Era un alivio tenerla a mi lado. Mientras el taxi surcaba Regent's Park, me dije que asistir a un evento social no significaba claudicar, tan solo aflojaba un poco las represas y alivianaba el peso de la soledad.

El taxi se detuvo frente a la embajada, una casa como todas las de su cuadra, con alero en la entrada y dos pilares pintados de blanco. En la puerta, un hombre verificó mi nombre en una lista y nos hizo pasar. La última vez que había estado ahí había sido para los festejos de un 18 de septiembre, cuando Noah todavía vivía y recién habían nombrado a Christopher miembro del parlamento inglés. Nada había cambiado desde entonces. Ahí estaban los mozos con sus bandejas de empanaditas y copas de vino paseándose entre los comensales —hombres en su mayoría— que reían al tiempo que se palmoteaban las espaldas. Nos quedamos de pie en un rincón, Elisa tomada de mi mano mientras le hablaba a su tortuga. Había en ese paisaje humano algo que me resultaba grotesco. Mi prolongado aislamiento me había vuelto susceptible a las vanidades y placeres de la vida mundana. Sin embargo, hubiera dado lo que fuera por participar de ella, compartir su parloteo, sus risas, su complicidad. De pronto sentí que alguien tocaba mi hombro. Me di vuelta y ahí estaba F. Los años no habían pasado en vano sobre él. Conservaba, sin embargo, el talante de un hombre cuyo cuerpo ha sido expuesto a algún deporte. Sus ojos de un verde aceitunado, magullados y empequeñecidos por el tiempo, adquirieron de inmediato la determinación que recordaba de esa tarde en la laguna. Iba vestido con suma formalidad, terno oscuro bien cortado, camisa blanca y el mismo mechón rebelde de su juventud cayendo sobre su frente.

—Viniste —dijo con genuina alegría.

—Sí. Aquí estoy.

—No sé por qué pensé que eras de esas personas que prefieren quedarse en casa tomando una copa a solas.

—Bueno, sí, la verdad es que soy una de esas personas.

Ambos sonreímos. Saludó a Elisa con una alegre parsimonia y nos preguntó en qué parte de Londres vivíamos.

—En el barrio de los poetas románticos —respondió Elisa.

Lo había oído tantas veces de boca de Maggie y mía que ya se había convertido en su credo. F conocía bien nuestro barrio. Había visitado la casa de Freud, la copia exacta de la que había tenido en Viena hasta que la Gestapo lo obligó a abandonar su ciudad. Conocía también la casa de Keats y el poema de apenas dos versos que el oscuro poeta A. M. Wilkens escribió un invierno mirando el parque por la ventana de su cuarto antes de quitarse la vida. Había en ese despliegue de cultura cierta ingenuidad que lo eximía apenas de la arrogancia. Me confesó que llevaba un tiempo siguiéndome en Facebook. Yo tan solo publicaba mis actividades como escritora, pero de tanto en tanto, movida por la vanidad, subía alguna foto de Elisa. No era mucho lo que alguien podía deducir de mi vida con eso. Le llamaba la atención que nunca me hubiera vinculado con Chile, el país de mis padres. Había leído mis tres novelas e hizo un par de comentarios que me dieron una idea de la atención que les había prodigado.

—Siempre que vengo a Londres pienso que en algún lugar estás tú.

—¿Por qué? —le pregunté sorprendida.

—¿Te parece extraño?

—No sé, no me conoces. Apenas nos vimos una vez, y ni eso.

—Casi te matas ante mis ojos, S.

—No fue para tanto. Los diecisiete años son una edad un poco histriónica.

—Pero tú lo hacías en serio.

Me sonrojé. No estaba acostumbrada a los diálogos directos, sin ruedos. Miré por encima de su hombro, como si la conversación hubiera llegado a ese punto en el cual dos personas que se encuentran en un cóctel deben seguir su camino.

—Ven, te presento al homenajeado. Es un tipo genial.

Avanzó unos pasos y con Elisa lo seguimos. En el camino, nos detuvo el embajador.

—Qué honor que estés aquí —me dijo—. No sé si tú estás al tanto —se dirigió a F—, pero S es el talento oculto que tenemos en Chile. Lástima que escriba en inglés. Pero eso lo solucionaremos muy pronto, ¿verdad? —comentó, guiñándome un ojo, gesto que le dio a su rostro venoso y rosado una expresión teatral.

Me resultaba incómodo ese afán de agasajar al otro con exageraciones ridículas. Yo no era ningún talento oculto. Era una profesora de primaria que vivía de su modesto sueldo, y mis novelas solían quedar apiladas en la bodega de la pequeña editorial de Maggie. Apenas pude, me escabullí aferrada a la mano de Elisa simulando interesarme por un grabado de Matta, sello insoslayable de cualquier embajada chilena que ostente cierta dignidad. Desde la distancia vi a F desembarazarse también del embajador y saludar a un par de conocidos para pronto estar de vuelta con nosotras. Observé su manejo, firme y a la vez perfectamente encantador. Esa gracia calculada de quien está expuesto al mundo y ha aprendido a desenvolverse en él, y de la cual Christopher, a pesar de ser un connotado político, hasta el día de hoy carece. El joven chileno que había conocido hacía treinta años hoy era un hombre de más de cincuenta, con un rostro surcado por enérgicas arrugas que le otorgaban una expresión recia y gastada. Después de que F me presentara al homenajeado, consideré que ya era tiempo de marcharnos. Elisa debía de estar cansada y yo empezaba a asfixiarme con las presencias ruidosas de mis compatriotas.

—¿Te veré otra vez? Podríamos cenar. ¿Tienes tiempo? —inquirió con una repentina timidez que me produjo simpatía.

Quedamos de cenar en mi casa después de su viaje a Edimburgo, donde daría una conferencia. Con Maggie podríamos invitar a un par de amigos y así diluir la intensidad de F que yo ya intuía.

Cena

En los días que mediaron entre nuestro encuentro en la embajada y la cena en casa, me preocupé de buscar a F en Google. Resultó ser uno de los abogados más importantes y activos de Chile. Se dedicaba, además, a opinar sobre la contingencia en una columna de un periódico. Acostumbrada a las ideas taxativas de mis padres sobre Chile, me llamó la atención su ambigüedad. Atacaba al sistema con beligerancia, pero al final siempre lo salvaba. Como si lo que cuestionara estuviera en lo inmediato, en lo visible, y no en el fondo. Aun así, la impresión que dejaba era la de un comentarista crítico, agudo, y ese logro, sin llegar a poner en cuestión nada realmente, demostraba una rara habilidad. Un reportaje en las páginas sociales de un periódico me resultó revelador. Estaba casado con una colega chilena que había conocido en la universidad de Edimburgo, y tenía dos hijas. Él y su mujer habían abierto las puertas de su casa de playa para compartir con la prensa una velada en la que agasajaban a un abogado de la OEA. Gracias al reportaje —además de las fotos, que me permitieron ponerle un rostro a su mujer, a su hija mayor y a su nieta— tuve un atisbo de su hogar, de su gusto convencional y de su colección de arte, que él exhibía con orgullo. Habiendo crecido en un país donde la intimidad constituye el mayor bien de un ser humano, me era difícil asimilar esa exposición. Podía entender que en ocasiones fuera necesario exhibir algo de uno mismo. Yo lo había hecho cuando promovía mis novelas. Pero lo que mostraba era tan solo una ilusión, una intimidad inventada para un mundo que está pronto a engullirte y desecharte. Por eso, en las escasas entrevistas que había dado, siempre había optado por lugares neutros donde pudiera elegir —como un cirujano en una sala de operaciones— los instrumentos con los cuales manejar los embistes de periodistas y curiosos y de su afán por develar lo que suponen es el meollo del trabajo de un escritor: su vida privada.

F llegó puntual a la cena. Habíamos invitado a una escritora recién publicada por la editorial de Maggie, su pareja dentista y nuestros amigos George y Jack, quienes después de abandonar su larga carrera de bailarines clásicos, administraban un hotel para mascotas.

Apenas tuvo la ocasión, Elisa nos enseñó su tesoro más preciado: una cajita de madera colmada de baratijas que Maggie le había regalado y que, según le aseguraba, había pertenecido a una marquesa muerta en el Titanic. Elisa había vivido su corta vida opacada por la muerte de un hermano mayor que no recordaba, y la forma que había encontrado para sobrevivir había sido luchar por el sitio que le correspondía en nuestras vidas. «Aquí estoy, mírenme, existo», y así había desarrollado una personalidad que le traía ciertos problemas entre sus pares, pero que la había salvado. F le contó la historia de una niña de su edad que había sobrevivido al accidente del Titanic y que de adulta se había enamorado de un chileno. También Maggie se interesó por F. Maggie había nacido en Valparaíso, en el seno de una de las familias inglesas que llegaron a comienzos del siglo veinte, y que en el puerto y sus cerros reprodujeron sus costumbres británicas. Había sido criada por una *nanny* severa y cascarrabias. Su madre pasaba el día mirando el mar por una de las ventanas de su residencia, anhelando la vida que había dejado atrás cuando siguió a su marido al fin del mundo. Maggie huyó de ellos a Santiago. Conoció a artistas e intelectuales que la acogieron como una rareza importada. Recogía su cabellera rubia en una estricta cola de caballo en un intento inútil por ocultar sus orígenes y su belleza extranjera. No puedo asegurarlo, porque es un episodio de su vida que ella mantiene en las sombras, pero una buena amiga suya me contó que, con apenas dieciocho años, había sido amante de Joan Manuel Serrat cuando él visitó Chile. En esos años tuvo la oportunidad de conocer de cerca a la clase que ostentaba el poder. Sus mañas, sus traiciones, sus vanidades, también sus virtudes, que según ella no eran muchas. Este conocimiento de nombres, lugares e incluso mitologías del país donde había nacido por casualidad, le permitía, cuando se encontraba con algún chileno, bombardearlo con preguntas, cosa que a mí me resultaba imposible. Me llamó la atención que los argumentos de F en esta ocasión tuvieran un sesgo más radical que el de sus columnas, como si lo adaptara a las expectativas de Maggie —quien había dejado en claro sus ideas de izquierda— para complacerla. F debía saber también que mis padres habían llegado a Inglaterra exiliados antes de que yo naciera.

Debí tomar más en serio ese rasgo camaleónico de su personalidad. Pero ¿cómo podía saberlo entonces?

Pronto la conversación versó sobre asuntos en los cuales todos participamos. Me di cuenta de que F ejercía un magnetismo sobre los demás. De tanto en tanto, nuestros ojos se encontraban y él me sonreía como diciéndome: «¿Ves?, ¿ves? No soy tan provinciano como aparento». Elisa se quedó dormida en el sillón con sus trenzas disparadas a lado y lado como dos rayos de luz.

Cuando los invitados partieron, me ofrecí a encaminar a F al paradero de taxis que se encontraba a un par de cuadras de nuestro hogar. Era una noche fría y tranquila, una noche cuyo cielo estaba más bajo que de costumbre. Me hizo preguntas sobre *Mal viento*, mi novela más personal. Quería saber el motivo que había tenido la protagonista para callar. Se sentía frustrado. Como si en ese silencio hubieran quedado sepultadas las injusticias del mundo. Eso dijo. Corría una brisa helada que traía y alejaba las palabras. Me preguntó por mis padres. Le conté que mi padre había muerto de un cáncer linfático y que mi madre sufría de Alzheimer y vivía en una casa de reposo. Pronto hablábamos de los intentos de George por acaparar su atención, de la energía sobrehumana que tenía la escritora publicada por Maggie, y de la languidez aristocrática, casi afectada, del dentista. Nos comunicábamos con naturalidad. Era la primera vez desde que me había separado de Christopher que caminaba junto a un hombre, y su ignorancia de la desgracia que pendía sobre mí me sentaba bien. De tanto en tanto, él se detenía en medio de la acera y con las manos subrayaba sus palabras. Tenía una forma de moverse, de gesticular, que hacía pensar que en el interior de ese cuerpo adulto y ya comenzando a mermarse, habitaba un niño. Siguió interrogándome, cauteloso pero decidido. Mostraba por mí una curiosidad por la cual no sabía si sentirme halagada o intimidada. F recordó a uno de los chicos del paseo que después de fumarse un pito me declaró su amor. Era un italiano de pelo enmarañado y cuerpo fibroso, que se arrodilló frente a mí e imploró mi atención. Unos años después supe que había retornado a Italia y se había integrado a un grupo revolucionario.

—¿Sueles generar ese tipo de pasiones?

—Para nada.

Y era verdad. O al menos nunca había tenido conciencia de ello. Por el contrario, había padecido una seguidilla de crisis y siempre había tenido una imagen desmedrada de mí misma. Era difícil en esas circunstancias estar atenta a las emociones que despertaba en los demás.

El zumbido de la vida sin descanso del West End llegaba desde lejos hasta nosotros.

—Tienes una manera de aproximarte a la gente muy especial. Lo noté en la embajada y hoy en tu casa —me dijo.

—¿Qué?

—Cómo las tocas y te ríes y las seduces.

—¿Yo, seducir? —me largué a reír—. ¿A eso llamas seducir? ¿A reírme?

—¡No! No a eso. A todo.

Mucho tiempo después entendería a qué se refería. Cuando empezó a sospechar y a sufrir por lo que al principio le atrajo de mí.

Le pedí que me contara de su familia.

—Estoy casado hace treinta años con una abogada estupenda, tengo dos hijas y una nieta a quien adoro. Vivimos una vida tranquila.

Me contó que su hija menor, O, a quien era evidente le tenía un especial cariño, estudiaba periodismo, pero había tenido que suspender sus estudios por un problema de salud que no mencionó. Era imposible imaginar en ese momento cuán crucial llegaría a ser la Hija Menor en mi vida. Me comentó que su mujer se especializaba en leyes laborales y que su hija mayor estaba casada con un arquitecto. Me contó otras cosas que no recuerdo, como si fueran parte de otra historia. Tal vez lo eran. En las fotografías del periódico yo había visto a una mujer de rostro afilado, melena corta y severa, pañuelo al cuello, oculto su cuerpo bajo un pulcro vestido que tan solo dejaba al descubierto sus brazos. Me gustó que hablara de ella con cariño. Él también me preguntó por mi matrimonio. Le conté de Christopher —a quien él conocía por la prensa en su calidad de miembro del parlamento inglés— pero no le hablé de Noah. Pasó mucho tiempo antes de que pudiera hacerlo. Cuando nos dimos cuenta, habíamos llegado al paradero de taxis.

—Te llevo de vuelta a tu casa —me dijo. Reímos.

Las hojas de los árboles estaban cubiertas de una escarcha blancuzca, casi lechosa.

—Tengo algo que preguntarte —señaló entonces—. Se trata de la laguna de Pentland Hills. Nunca había sentido tanto miedo por alguien. Quizás porque nunca había visto a alguien desafiar la vida como tú lo hiciste. Quedó dándome vueltas hasta ahora. ¿Recuerdas lo que te movía?

—No. No lo recuerdo.

No iba a contarle a un desconocido las ideas que tenía entonces de la muerte. Menos a compartir lo

que significaba para mí la laguna de Pentland Hills,
La laguna negra.

*

Le había dado mi número de celular y estaba segura
de que llegando a su hotel me llamaría. Era lo que
quería. Que alguien sintiera algo por mí. Me bas-
taban unas palabras sugerentes y a la vez anodinas.
Una calentura pasajera. Maggie ya había subido a
su cuarto y en el silencio de la sala me serví un vaso
de whisky con hielo. Me puse los audífonos y escuché *Kind of Blue.* Un disco que solíamos oír con
Christopher cuando los ánimos estaban encendidos. Y así, con el celular en una mano y el vaso en
la otra, me moví por la sala, medio bailando, medio
aguardando, hasta que me di cuenta de que F no
llamaría. Me saqué los audífonos, subí las escaleras
y me metí a la cama. Una noche más que atravesar.
Una noche más sin Noah. Nada nuevo.

No responder

A la mañana siguiente de nuestro paseo nocturno tenía un largo correo de F. Me hablaba de Elisa, de Maggie, de nuestro ambiente distendido, de la música sonando desde un rincón con sus cadencias de jazz, de lo bien que se había sentido con nosotros. No le contesté. Las emociones que me habían asaltado la noche anterior cuando esperaba que me llamara me habían asustado. No quería añorar. No quería aguardar. No quería sentir.

F insistió. Tres mails en el aeropuerto. El último lo envió cuando cerraban las puertas de su avión. Tenía las catorce horas que él estaría volando para decidir si responderle. Y cuando esas catorce horas llegaron a su fin, decidí no hacerlo. Cualquier sentimiento, por insignificante que fuera, se amplificaba en mi interior, inmovilizándome. Pero sus mails continuaron llegando durante los días siguientes. Historias, enlaces a artículos con comentarios, fotos de sí mismo sonriéndome. No importaba que no le respondiera, F tenía una convicción a prueba de todo. Así continuamos, él escribiéndome y yo guardando silencio, hasta que un mes más tarde, cuando caminaba a recoger a Elisa al colegio, le escribí. Me había enviado un enlace para que escuchara una canción de Leonard Cohen y me había hecho llorar. Pero no de tristeza. De hecho, ni siquiera me gusta Cohen. Era la emoción de experimentar algo diferente al desasosiego y la opresión. Me confesó que a él esa canción también lo hacía llorar. El hombre que sabe que su mujer y su mejor amigo se han encamado y le pide a él que la haga feliz. Después descubrí que F lloraba no solo con las canciones, también con los poemas, las novelas, las películas y sobre todo con las óperas.

El mail de Cohen dio inicio a nuestra comunicación. Comenzamos a compartir lecturas, pensamientos, asuntos del mundo que nos fastidiaban o interesaban. Una comunicación fácil, sin grandes aspiraciones, mensajes que aparecían en mi mail como esos coloridos globos celebratorios que recorren las pantallas de los celulares y luego desaparecen. Muchas de sus anécdotas me hicieron ver que su identidad estaba profundamente arraigada en la historia de Chile, y que a pesar de su naturaleza cosmopolita y de su talento para mantenerse al tanto de los tiempos, F era un chileno de la vieja escuela, orgulloso de las proezas de sus ancestros y de las calles que llevaban sus nombres. Más tarde, mucho más tarde, cuando ya se anunciaba el fin, cuando sus prórrogas y sus indecisiones sacaban lo peor de mí, le enrostré ese aspecto suyo. Le dije que esa retahíla de tíos y abuelos que traía a colación de tanto en tanto como un trofeo, en lugar de enaltecerlo, lo empequeñecían. Palabras que, con razón, desataron en él un largo silencio, uno de esos que terminarían matándome.

Poco a poco nos aventuramos a compartir detalles más personales. Pero cuando en uno de sus mails me preguntó por qué me había separado de Christopher, no supe qué responderle. Estaba muy lejos de poder contarle la verdad.

El pasado del pasado

Después de la muerte de nuestro hijo Noah, Christopher y yo nos sumergimos en dos pozos. Él en el suyo y yo en el mío. A veces salíamos a la superficie con el rostro ceniciento y nos abrazábamos para sentir el calor de otro cuerpo, el calor de la vida que a ambos se nos escapaba. Pero entonces su dolor se entrelazaba con el mío, su desamparo con el mío, su soledad con la mía, y teníamos que soltarnos.

Preocupada por nosotros, Maggie nos ofreció quedarse con Elisa un fin de semana. Debíamos estar juntos y a solas, alejarnos de Londres, respirar aire marino, encontrar nuestro lugar en ese nuevo paisaje donde Noah ya no existía. Todas esas recomendaciones que se le dan a alguien que intenta sobrevivir.

Una mañana encapotada y fría dejamos a Elisa en casa de Maggie. Cuando nos despedíamos, en un abrazo que a ambas nos resultaba difícil soltar,

Elisa me preguntó al oído en su lenguaje aún precario de niña:

—Mami, ¿van a volver?

—Por supuesto que vamos a volver, Sása —le dije estrechándola con más fuerza. Quise quedarme ahí, con ella, en el único sitio donde las costillas no oprimían mi pecho.

—Vamos, S —oí que decía Christopher a mis espaldas.

—Sí, sí, volveremos en dos días, mi amor.

Me subí al auto llorando. Christopher no pronunció palabra. No había nada que decir. El consuelo era un bien que no sabíamos otorgarnos mutuamente.

A medida que nos alejábamos de Londres el cielo se iba abriendo. Christopher conducía concentrado mientras yo miraba su perfil que tanto amaba y que en los últimos meses había perdido sus formas, como una figura de barro expuesta al efecto destructor del agua. Cuando llegamos a Brighton, el olor a yodo cargaba el aire y ráfagas de viento se colaban desde el norte. Dejamos nuestros bolsos en el King's Hotel, donde solíamos ir en nuestros tiempos de noviazgo, y salimos a caminar a la ribera. Tal vez si hubiese arreciado una tormenta o si en el cielo hubieran estado suspendidas unas cuantas nubes, las cosas habrían sido diferentes. Pero ese sol, ese cielo inmaculado y los rostros alegres de los paseantes no hicieron más que dejar en evidencia el estado de ruina en que nos encontrábamos. Esa noche hicimos el amor. Era la primera vez desde que Noah nos dejara. Cerramos las cortinas, pero la luna con su luz blanca nos persiguió insistente. La luz. No había forma de soslayarla. La luz que dejaba todo al descubierto: los kilos perdidos, la carne que colgaba de nuestros cuerpos como la de dos ancianos. Sentí sus lágrimas en mi hombro. Las mías quedaron atrapadas en su pecho. Nos desprendimos y cada uno se hizo un ovillo en un extremo de la cama. Volvimos por la mañana a Londres.

No podíamos soltar el dolor, no queríamos dejarlo ir. Mientras este permaneciera ahí, intacto, Noah seguiría con nosotros. Olvidarlo siquiera por un instante era hacerlo desaparecer de una forma aún más definitiva que la muerte. Resguardábamos la rabia, la tristeza y la culpa como dos seres que se han quedado aislados en una montaña y deben cuidar la fogata que sostiene sus precarias existencias. Y fue por eso, porque Elisa nos esperaba abajo, en los faldeos de nuestra montaña yerma, que un día tuvimos que dejar el fuego y descender, encontrar como fuera el camino de vuelta a nuestra hija, a la vida. Y para eso fue necesario que tomáramos rumbos diferentes.

Tenemos que vernos

La vida de F estaba dividida en periodos de trabajo en Chile y otros en los que daba conferencias
y asesorías por el mundo. Sus mails más extensos
los escribía en los aeropuertos, en esos territorios
anónimos donde nuestra comunicación —según
me decía— le daba un sentido de pertenencia. Le
gustaba que le hablara de los cuentos que escribía,
de las dificultades con las que me encontraba, de
los personajes que se me escapaban. Me animaba
a tomar riesgos, a aventurarme. «Hazlo, S, yo te
resguardo las espaldas». Y yo lo hacía. Su presencia, aunque lejos geográficamente, me otorgaba la
confianza que necesitaba. F gozaba socorriéndome
en los quehaceres diarios que me resultaban difíci-
les o fastidiosos. Más de una vez, desde la distancia, me guio a través del celular por las intrincadas
calles de Londres hacia algún lugar nuevo donde
debía ir. Estaba atento y presente en cada uno de

mis movimientos y celebraba con entusiasmo mis pequeños logros cotidianos. Llegué a pensar que había encontrado por fin la amistad indolora de un hombre.

Las cosas dieron un giro un par de meses después de que comenzáramos a escribirnos, un fin de semana que llevé a Elisa a Brighton. Había reservado una habitación en el King's Hotel, el mismo donde solíamos ir con Christopher y donde nos dimos cuenta de que no podíamos seguir juntos después de la muerte de Noah.

Además de pasear con Elisa, mi cometido era tomar apuntes para mi libro de cuentos *Los tiempos del agua*. La imagen que los unía era un cuadro de Constable. A primera vista, sus trazos parecen ser los despojos de un naufragio. Pero si miras con atención, ves a los pescadores preparando sus miserables barcazas frente al mar de Brighton, mientras al fondo las villas y los hoteles construidos a comienzos del siglo diecinueve se levantan impetuosos como un reino intocable. Quienes estaban al tanto de lo que yo escribía, sabían que Constable era un pretexto, porque en el centro de los cuentos estaba el agua. En el centro de cada verbo, de cada metáfora, de cada cita, de cada digresión, estaba el agua. El agua que se había llevado a Noah.

Los mails de F empezaron a llegar el sábado temprano desde San Petersburgo, donde había viajado para asistir a un simposio. Paseábamos con Elisa por el Brighton Pier cuando recibí uno donde me decía que había soñado conmigo. Un sueño erótico. No me dio detalles. Luego no había podido dormir, excitado por mi recuerdo. Lo que hasta entonces había sido un intercambio de dos mentes inquietas, adquiría ahora una dimensión carnal. No le respondí. Me dediqué a Elisa y a observar los cambios de humor del mar que intentaba atrapar en mis cuentos.

Al tiempo que anhelaba dejarme llevar por la confesión de F, sabía que tenía que resistirla. La felicidad hedonista seguía siendo una traición a mi hijo. Las siguientes semanas continuó escribiéndome y yo seguí sin contestarle. Leía sus mails y los borraba para no caer en la tentación de responderle. Una noche me envió cuatro mails. Uno tras otro. En Londres llovía. El viento se colaba por una ventana mal cerrada y producía un ruido como de cerrajería. Me dijo que no soportaba la idea de que no le escribiera más. El último de sus mails era escueto, imperativo, urgente.

Tenemos que vernos.

Recuerdo la humedad del aire, los sonidos desafina-
dos del violín de mi vecino, el barullo de Elisa en su
cuarto, el invierno al otro lado de mi ventana. Sentí
que algo se desatascaba en mi interior, algo que había mantenido amordazado y que ahora, liberado,
me golpeaba el pecho. Pero al mismo tiempo un
raro instinto parecía saber más de mí que yo misma, y callado, expectante y no sin sorna, observaba
cómo yo arrojaba mi destino al despeñadero. «Sí,
tenemos que vernos», le escribí.

Ciudad uno

Los días que antecedieron a nuestro primer encuentro experimenté una animación que solo recordaba de mi juventud, la de esos tiempos en que el mundo se desplegaba ante mí sin límites y vivía en ese estado de espera exaltada que nada sabe y todo lo quiere. Pero esta vez junto a la agitación estaba la inquietud. Habíamos pasado cinco meses conociendo nuestros pareceres, compartiendo nuestras lecturas, comunicándonos con la frecuencia de los enamorados, pero nunca nos habíamos tocado. Excepto por la alusión de F a su sueño, tampoco habíamos hablado de sexo. No sabíamos lo que podía ocurrir entre nosotros. Bien podía ser que esa materia que surge del contacto de dos cuerpos estuviera podrida, también que no surgiera nada, que, al encontrarse, estos permanecieran ocultos en sus carcasas. De ser así, ambos quedaríamos atrapados en un cuarto de hotel, a miles de kilómetros de nuestros hogares.

Pedí dos días de vacaciones en el colegio, los arrimé a un fin de semana y nos encontramos en una ciudad nevada. Llegué al hotel en un taxi alrededor de las doce. Tardé casi dos horas desde el aeropuerto. Las calles escarchadas y la nieve que no cesaba ralentizaban el tráfico hasta casi detenerlo. F me aguardaba en el lobby. Había llegado desde Chile un par de horas antes que yo. Nos dimos un beso cauto. Cogió mi maleta y me preguntó si quería tomar desayuno antes de subir al cuarto. Se le veía nervioso. Yo también lo estaba. Los dos habíamos atravesado un océano para encontrarnos.

Dejamos la maleta en la recepción, salimos a la calle y entramos a una cafetería en el edificio contiguo al hotel. Había dejado de nevar. Nos sentamos junto a una ventana, pedí café negro y un par de medialunas. Nos miramos desconcertados y alegres, inseguros. Era extraño que las palabras que nos habían acompañado todos esos meses se hubieran evaporado. F tomó mis manos y se las llevó a la boca para entibiarlas. Su aliento me estremeció. Me preguntó por mi viaje y yo a él por el suyo. Ambos habíamos visto el espectáculo de la pista nevada al aterrizar.

Cuando por fin entramos a nuestro cuarto, F dejó mi maleta en el suelo y me abrazó. Escondí el rostro en su hombro. Sentí que llegaba a un sitio que ya conocía. Un sitio familiar y deseado.

*

—Eres pelirroja. Lo sabía —me susurra al oído incorporándose. Me mira con impudicia, se inclina y me besa. Me penetra.

Ahora ambos estamos tendidos de espaldas en la cama, una pierna mía sobre la suya. Me cuenta que su padre dejó a su madre cuando él tenía doce años. Una tras otras se sucedieron las novias, todas de huesos largos y tez clara. Yo le cuento que mis padres tenían siempre las maletas preparadas, esperando el momento en que Pinochet fuera destituido o asesinado. Las guardaban bajo las escaleras y de tanto en tanto mi madre sacaba la ropa, la lavaba y la volvía a su lugar. Durante diez años. Los primeros diez años de mi vida. Él me cuenta que su abuela materna le prendió fuego a la casa donde vivía una de las amantes de su padre. Yo le cuento que en Trinity College nunca salí de la biblioteca, que no hice amigos y que me recibí con honores. Él me cuenta que su hija menor tiene un lupus muy agresivo y que ha estado internada varias veces. Yo le cuento de las tardes junto a mi madre en el hogar

57

donde vive. Él me cuenta que teme terminar solo y enfermo como su padre. Yo le cuento que nunca he comido un McDonald's. Él me cuenta que mira un sitio porno donde mujeres normales se masturban, mujeres de tetas chicas, de muslos gruesos y cuerpos redondos como los de cualquier vecina. Yo le cuento que una vez vi a un hombre masturbándose en un auto estacionado frente a mi casa y que tuve un orgasmo instantáneo.

No le cuento de mi hijo muerto.

Ambos somos receptivos a las palabras y a la forma en que se encadenan, ambos distinguimos el potencial erótico que concitan. Un descubrimiento que nos une de una forma inesperada. Vivimos esa etapa de los amantes que consiste en armar el puzle de una vida pasada a través de pequeñas anécdotas, intentando aparecer en ellas más luminosos y sensibles de lo que realmente somos. Esa fase en que todo resulta esencial, en que todo es parte de un tejido de confidencias sin asperezas y el ser deseado se abre misterioso y excitante ante nosotros.

*

Salimos a la calle congelada. Vamos a un restorán que ha ganado varios premios y donde F reservó una mesa con semanas de antelación desde Santiago. Caminamos lento, al ritmo de nuestras caderas unidas, observamos las vitrinas iluminadas que arrojan sus resplandores sobre las aceras, nos miramos alegres, curiosos, como si inauguráramos el mundo.

Me ha embestido con tal fuerza que me cuesta caminar. Me avergüenza dejar en evidencia el desierto sexual en que he vivido los últimos años, y hago lo imposible para que él no lo note. Pero cuando por la noche, después de la cena, volvemos al cuarto e intentamos tener sexo otra vez, no resisto el dolor. Él me abraza.

—Hace mucho tiempo que no hacía esto —le digo azorada.

Me cubro con la sábana. Ha sido todo un error.

—Me basta con sentirte así —me dice. Arrima su cuerpo al mío, acaricia mis pechos, mi rostro, me besa. Sin dejar de besarme comienza a masturbarse. Se reincorpora y de rodillas frente a mí se toca con más ímpetu.

—Tócate —me señala. Tiene los ojos recogidos en sí mismos—. Tócate —vuelve a decirme con autoridad.

—No.

—Te va a gustar.

—No frente a ti —repito con un hilo de voz.

—Entonces te quedas así. Porque yo me voy a ir igual —dice con firmeza mientras continúa en lo suyo con los ojos puestos en mí.

Tendida sobre la cama, ciño mis muslos uno contra el otro mientras él, sin dejar de mirarme, exhala un bramido gutural, profundo y largo, que desata en mí una explosión. Cae a mi lado y yo me hago un ovillo. Mi cuerpo late exánime. Posa una mano en mi cadera y así nos quedamos dormidos hasta avanzada la tarde.

La siguiente noche F vuelve a pedirme que me toque frente a él. Es tal vez su mirada firme sobre mí la que de pronto me hace vislumbrar en mi cuerpo una belleza que nunca he visto. Él me inventa y yo me veo con sus ojos. Las minúsculas gotas de sudor que emanan en mi vientre, en mis piernas lisas como la piel de una buena montura, en mis pechos pequeños y puntiagudos que miran hacia el techo. Y lo hago. Me abandono. Quiero recuperar la levedad, dejar de sentir el peso de cada minuto.

—¿Te gusta? —me pregunta.

—Sí, mucho.

Sus movimientos se hacen más intensos, más rápidos, más desesperados, también los míos. No dejamos nunca de mirarnos. Nos vamos juntos. Al unísono. Él dentro de mi boca.

*

Este rito se repetiría una y otra vez y abriría las puertas para otras búsquedas. No había manera más potente de saciar nuestro deseo que mirarnos uno al otro mientras cada uno buscaba lo suyo. Experimentábamos la continuidad de nuestros cuerpos, pero no porque estuviéramos fundidos —como dicen los malos poemas— sino porque cada uno podía buscar y explorar la forma de satisfacción que se le antojara, sabiendo que el otro lo seguiría. Nunca entendí mejor que entonces que el sexo es acerca de uno mismo. Cuanto más crece el gozo, más se vuelve el otro un sueño. Pero tal vez lo que de verdad hacía este rito poderoso era que ese descontrol que provocaba la urgencia de satisfacerse era un momento de total verdad, de total desnudez, y ser testigo de ello constituía una oportunidad única de mirar a F a través de la grieta que se abría en su conciencia extraviada.

Caminábamos y hablábamos. Nos deteníamos frente a un escaparate con árboles de verdad y hablábamos. Recorríamos los pasillos de un museo y

61

hablábamos. Erraba nuestra mirada en el resplandor de una ventana y hablábamos. Y cuando llegábamos de vuelta a nuestro cuarto, volvíamos a nuestro rito de amor con una urgencia renovada.

Una tarde entramos en una librería. F quería los diarios de Sylvia Plath y yo una compilación de cuentos de jóvenes israelitas. Nos separamos y cada uno emprendió su búsqueda. Al cabo de un rato, F llegó con un ejemplar de cada una de mis tres novelas, y de un libro de ensayos que había publicado hacía años en Cambridge Press. Los traía apilados entre las dos palmas de sus manos. Tenía una expresión de satisfacción y gozo, como si él mismo los hubiera escrito. Nos sentamos en el café de la librería y él me pasó su elegante lapicera. Quería que se los dedicara. Yo sabía que los había leído, había dado prueba de ello, pero él quería tener una copia que hubiera pasado por mis manos. Eso me dijo.

La mañana antes de partir, intercambiamos los regalos que ambos, sin habernos puesto de acuerdo, nos habíamos traído. F me regaló una manta de vicuña y yo a él un saquito de seda que contenía piedras de la playa de Brighton. El fin de semana antes de nuestro encuentro, había conducido hasta ahí en busca de su regalo. Había escogido cada piedra, tocándola, mirándola hacia la luz, de la misma manera en que lo hacía la protagonista de uno de los cuentos que escribía para *Los tiempos del agua*. Era la primera vez, de muchas que vinieron, que llevaba la ficción a la realidad. Juntos cruzábamos de un lado al otro. Y esa frontera entre lo imaginado y lo vivido, a la cual en un principio ninguno de los dos dio importancia, con el tiempo se volvió peligrosamente difusa.

Ciudad dos

Apenas atravieso las mamparas del aeropuerto, busco a F entre la gente. Cuando por fin lo veo, tardo algunos segundos en calzar la imagen que he atesorado de él a lo largo de estos cuatro meses con la del hombre que me aguarda de pie frente a las puertas de salida. Viene vestido con elegancia: pantalones claros, zapatos de cuero, camisa y chaqueta. Reconozco esos ojos reconcentrados, animales, que vislumbré por primera vez hace décadas en la laguna de Edimburgo. A la vez que siento el impulso de apresurarme a abrazarlo, no quiero ser arrasada por él. Distingo en mi deseo estados contradictorios. Uno que anhela que él irrumpa sin pedir permiso y otro que, como un guardia, está atento para detenerlo.

Nos abrazamos tímidos y salimos en busca de un taxi. Entramos a la ciudad por la ruta que bordea el mar. «La horrible», le llama un escritor nacido en estas tierras, por ese cielo gris que siempre pesa sobre ella.

Apenas cruzamos la puerta del cuarto y la cerramos, nos asalta una fiebre que nos obliga a desnudarnos. Nos duchamos juntos. El agua caliente golpea nuestros cuerpos. Grande el de él, y en contraposición, menudo el mío. Nos abrazamos. Enjabono su pene, sus testículos, hasta el fondo, hasta el ano. Él cierra los ojos. Lo imagino masturbándose en el baño de su casa. La imagen me enciende. Me volteo y presiono mis nalgas contra él. Me lo mete sin preámbulos. Con una mano apoyada sobre la mampara empañada del cubículo, tengo un orgasmo rápido y cuando él continúa empujando, vuelvo a irme, ahora con él. Nos desprendemos temblando, nos miramos.

Tras meses sin verlo, había empezado a añorar sus besos y el contacto de su cuerpo. Conozco bien el sentimiento. Lo he vivido. Y, sobre todo, lo he encontrado en los libros, que son suficientes como para saber que esta necesidad de arrastrarme junto a él hasta la cama no tiene nada de particular. Sé que todos deseamos de igual forma, nos impacientamos por acallar el deseo de igual forma, y mientras estamos tocados por la euforia de la pasión, nos vemos a nosotros mismos poderosos e iluminados.

También sé que cuando esa pasión se retira, cuando se lleva consigo sus bártulos, sus fuegos artificiales y sus bandas sonoras, los amantes quedan vacíos. Lo sé. Aun así, tengo la certeza de que nuestro encuentro en este cuarto que mira hacia el mar no se rige solo por eso. Para quienes tenemos la arrogancia de considerarnos lo suficientemente sagaces para detectarla, la vulgaridad está siempre en los demás. Jamás en nosotros.

Ahora estamos tendidos sobre la cama como borrachos, nuestros cuerpos enlazados. Huelo la tenue acidez del sudor que se seca sobre su pecho. También otra humedad, más viscosa, que se adormece en mis labios. Lo oigo respirar. Es una respiración de fuelles antiguos. En la distancia escuchamos las campanas de una iglesia, abstractas como un ruido interior. El mar en la ventana es gris.

—Déjame mirarte —me dice. Me empuja con suavidad para separarse de mí. En su mirada hay control, fuerza, avidez—. Me gustas mucho, ¿sabes? A veces pienso que demasiado.

Distingo en sus palabras una cierta ansiedad, como si temiera lo que provoco en él. Recuerdo que Swann reconoce por vez primera la belleza de Odette cuando un día le encuentra un parecido con una mujer de Botticelli. No es Odette en sí misma quien provoca en él ese hechizo, sino su semejanza con un objeto externo y agraciado. Lo que embriaga a Swann es la sensación de tener entre sus brazos una pintura del siglo XV. No sé lo que represento para F, pero lo que sí sé y no debo olvidar es que ninguna pasión es pura.

*

La tarde siguiente, mientras tomamos café en un boliche del centro, F me lee un cuento breve que ha escrito en una libreta negra. Yo también llevo siempre conmigo una libreta negra. Se la enseño y constatamos que son iguales. Reímos.

—Nuestro primer territorio común —me dice y me besa.

Su cuento está en borrador, pero se distingue la potencia de su prosa, la cadencia de las frases, el final asombroso y acorde con los eventos que lo anteceden en la historia. F me gusta aún más por esto.

Antes de salir a cenar, me dice que tiene que hablar con su mujer. Es un rito y un compromiso —llamarla todas las noches cada vez que sale de Chile— que no puede romper. Lo quebrantó en nuestro primer encuentro, pero ya no podrá hacerlo más. Me pregunta si puedo dejarlo solo en el cuarto. Mi primera reacción es de desconcierto. Luego rabia. Aunque sé que su mujer está siempre ahí, él ha tenido la prudencia de no nombrarla, y de una forma extraña, inconsciente acaso, la he olvidado. Siento el impulso de tomar mis cosas y largarme. Es tan fácil. Nada nos une. Que hable con su mujer tranquilo el resto de su vida si quiere. Yo tengo la mía.

—S, es solo una estúpida costumbre. Por favor no te enojes.

—No me enojo, solo me sorprende.

—No puedo cortar de golpe un hábito de años, sería sospechoso. Lo siento —dice, cabizbajo.

Es tal su azoramiento y su tono de súplica que le digo que sí, que lo esperaré abajo, en el bar. Él me abraza. Tiene los ojos humedecidos de gratitud. Me pongo una chaqueta, cojo mi libreta negra y salgo del cuarto. Me siento en la barra del bar y dibujo una laguna.

El orden dentro del caos

El mismo día que llegué de la ciudad nevada, fuimos con Elisa a visitar a mi madre al hogar donde vivía. Había sido fundado en los años sesenta y solo albergaba a ancianos que estuvieran por la paz, la justicia social, el amor y las flores. Mi madre nos aguardaba sentada en su sillón de terciopelo verde, ataviada con uno de sus toscos vestidos de tela cruda y el pelo cogido en su trenza cana que daba vueltas sobre su cabeza como una corona renacentista. Eso era ella. Una reliquia sin memoria. Mi madre había olvidado que una noche, con tan solo veintitrés años, unos desconocidos la habían secuestrado en la calle y encerrado. La acusaban de comunista. Había también olvidado a sus compañeras de celda, el cuarto sucio, las literas, los gritos que provenían de otros cuartos y sus propios gritos que nunca confesó. Había olvidado el viaje a otro continente con mi padre. Había olvidado el entumecimiento, la extrañeza de las calles, de los parques, de la lengua extranjera. Pero a Elisa y a mí no nos había olvidado. Tampoco a papá.

Elisa se sentó a su lado y yo al otro. Tomé sus manos. Tras la ventana había un popurrí de flores lilas y azules.

—¿Me trajiste una cerveza? —me preguntó, y yo me largué a reír. Al menos estaba presente. En ocasiones se encontraba tan lejos que era imposible traerla de vuelta.

Cerré la puerta de su cuarto, saqué de mi bolso un jugo de manzana para Elisa y las cuatro Lagers en lata que había traído para nosotras. Abrí una para cada una y vacié un paquete de papas fritas en un cuenco de madera. Mamá se echó un puñado a la boca y se tomó su cerveza de un envión. Le abrí la segunda. Elisa estaba acostumbrada a sus arrebatos.

—Así está mejor —dijo.

Por un rato, animada por las cervezas, nos habló de papá, de esa vez que después de un recital en un bar se acercó al trompetista para hablarle de Maynard Ferguson y el tipo, que seguramente estaba medio borracho, le pegó un trompetazo en la cabeza.

—Abu, cuéntanos de cuando tú y el abuelo caminaron con una manada de elefantes —le pidió Elisa.

Pero mamá ya había fijado la mirada en el muro. Elisa salió al jardín donde un par de chicos jugaban a la pelota. Yo me quedé con ella, y sin soltar su mano, le hablé de F. Necesitaba poner en palabras lo que me ocurría. Comencé con los hechos. La laguna en Edimburgo, la embajada, sus mails, mi resistencia, nuestros encuentros. Me di cuenta de que precisaba darle forma a algo que no la tenía. Desde niña, para protegerme del caos de mis padres, planifiqué cada uno de mis pasos. Necesitaba arrimarme a cualquier forma de orden y rigor. Yo nunca dejaría espacio para la espontaneidad, para el azar, para que «las fuerzas del universo», como le llamaban ellos a sus improvisaciones, me dejaran enterrada en esa inercia, en ese horizonte que al final había permanecido sellado para ellos. Si quería autonomía tenía que ganármela, y para eso tenía que olvidarme de las casualidades divinas. Había que estar siempre alerta, siempre en control, nunca cerrar los ojos ni ceder. Tal vez lo que más me atrajo de Christopher y me produjo un instantáneo anhelo de unirme a él fue su estabilidad y la de generaciones que le anteceden.

Pero mi obsesión por darle una forma compacta y comprensible a la vida había tenido un costo. Un costo previo a la muerte de Noah y que su partida había ocultado aún más: la vida misma. No conocía el arrebato, la locura, nada que careciera de un nombre en mi vocabulario. No había nada —además de mis hijos— que me hubiera movido al punto de la desesperación. Entonces llegó F. Sin pedir permiso, sin dar excusas, despertó en mí la sed de sentir, de asomarme al mundo con sus riesgos. Me encontré de pronto ansiando el vértigo, anhelando el arrojo y la emoción arrebatadora, aunque dolieran, aunque no pudiera darles forma, aunque carecieran de futuro.

—Tal vez tenías razón —le dije a mamá—. Tal vez no se trataba de hacer que todo calzara en un perfecto orden porque al final igual alguien iba a entrar y desarmarlo todo.

—S, querida, ¿podrías llamar a tu padre? Necesito preguntarle algo —me respondió.

Ahí estaba, siempre con él, hasta en la desmemoria, hasta en la muerte. Ese era el caos que de pronto ansié.

Ciudad tres

Un pájaro negro emprende el vuelo en el balcón, la hiedra trepa y, más allá de la ciudad amurallada, el mar respira. Hacemos el amor furtivamente, como si la vida estuviera pronta a abrir las cortinas y sorprendernos con su saña moralista. F ha subido y bajado el aire acondicionado al menos tres veces y todavía no logra ajustarlo. Es su necesidad de controlar su entorno y la frustración que le produce no lograrlo. En eso nos parecemos.

Me ducho mientras F revisa su mail. Ya vestida, y con un gesto exagerado de resignación que él no ve, tomo el libro que estoy leyendo y me apronto a salir del cuarto para que él hable con su mujer antes de la cena.

Me gusta este hotel. Más que los otros dos en los que hemos estado. Me gusta que guarde el espíritu de sosiego y retiro del convento de monjas Clarisas en el cual fue construido. También me gusta el jardín, la vegetación frondosa que traspasa los límites que le han impuesto. Me gustan los postigos cerrados de las habitaciones, las rejas enterradas, los balcones de fierro. Y arriba, el cielo tropical. Escojo una mesa en uno de los corredores que dan al jardín interior frente a una fuente donde alcanzo a oír el ruido del agua. Pido una botella de champaña y dos copas. Así, cuando F llegue, podremos terminarla juntos. Tal vez incluso podríamos cenar aquí mismo, comernos algo liviano que contrarreste la apoteósica cena a la que asistimos la noche anterior como parte del congreso de juristas al cual él asiste. Después de una copa, mi cuerpo se distiende y se aminora la pesadumbre que me embarga cada vez que debo dejar el cuarto para que F cumpla con sus obligaciones maritales. Enfilando hacia mi segunda copa, leo uno de los cuentos del libro que he traído. F aguarda a que lo termine para leerlo y comentarlo juntos. Está ávido de compartir conmigo sus obsesiones, y la mayoría de las veces es él quien elige lo que leemos. Lo hace de una forma entusiasta que no resulta avasalladora, pero que de todas formas coarta mis propias búsquedas. Su lectura es crítica, como si se enzarzara en una lucha personal con el autor o la autora. Debate y cuestiona las decisiones narrativas y goza compartiendo conmigo sus juicios. «Lo que está en juego es banal», «los saltos de tiempo no funcionan», «no resultan convincentes los sentimientos del personaje», dice de autores que han recibido premios importantes. La seguridad con que emite sus opiniones me produce un dejo de temor. No quiero imaginar el día en que esos dardos cambien de rumbo y me alcancen. F lee, además, con mayor rapidez que yo, y pronto está extrapolando nuestras lecturas compartidas a temas que saca del baúl donde guarda los infinitos conocimientos que posee. Yo en cambio leo con lentitud y noto detalles, a veces insignificantes, en los que me detengo por largo rato. Somos, de algún modo, el erizo y el zorro de Arquíloco, él prodigando sus conocimientos como un grifo siempre abierto y yo buscando esa única verdad que siempre se me escapa.

—¿Te importa que te interrumpa? —me pregunta un hombre con timidez.

Levanto la vista y me saco los anteojos.

—No, no, para nada.

—Es por ese libro que lees. Uno de los cuentos que aparece ahí es mío. El segundo.

Me cuenta que su nombre es Jorge Reyes, que es colombiano y que supervisa los últimos detalles de un festival literario que comienza en un par de días ahí mismo. Por la mañana leí su cuento. Contiene una tragedia implícita que nunca llega a develarse.

Me gustó, y se lo digo. Da también la casualidad de que él conoce mi obra. Sé que algunas de mis novelas han comenzado a circular en inglés entre narradores latinoamericanos, pero no esperaba encontrarme con uno de ellos.

Si este fuera uno de mis cuentos, jamás concebiría un encuentro así. Si reprodujera la realidad tal cual es, con sus vueltas enigmáticas y sus azares, mis historias estarían colmadas de momentos como este y serían un fracaso.

—No pensé que fueras tan joven —señala él.

Quiero confesarle que no soy joven en absoluto, pero me abstengo de romper la ilusión que sus palabras me provocan. Hablamos de escritores vivos y muertos, de agentes literarios, de festivales. Me promete que cuando alguno de mis libros sea traducido al español, él se encargará de que me inviten al festival. Se lleva a cabo cada año en esta misma fecha y siempre coincide con el encuentro internacional de juristas, como si estos dos oficios, en apariencia tan ajenos, se reunieran con el fin de tantearse.

Al cabo de un rato diviso a F en el pasillo. Camina hacia nosotros. Nos hemos terminado la botella de champaña. Los presento.

—Mucho gusto —dice F en un tono formal que raya en la indiferencia.

Le sugiero que cenemos aquí, pero sin prestarme atención, me dice:

—¿Vamos?

Me toma de una mano y me ayuda a levantarme con un aire de fría serenidad.

No estoy borracha, pero sí alegre, y me despido de mi nuevo amigo con la promesa de encontrarlo al día siguiente a esta misma hora mientras mi «amante» habla por teléfono. Nunca he pronunciado esa palabra para referirme a F. Amante. Lo he hecho con agria ironía, en un impulso que no he podido contener. Han bastado un par de copas y una circunstancia propicia para que mi frustración salga a la luz.

Durante la cena F no menciona el incidente del hotel, pero hacia el final, cuando miro la carta para pedir el postre, me dice:

—Muy bonito tu vestido. —Presintiendo una arremetida, callo—. ¿No te parece un poco provocador para un lugar tan sencillo como este?

Es un vestido negro de tirantes que deja al descubierto mis hombros. Él me ha dicho que mis hombros huesudos, prominentes en su delgadez, lo excitan. Le molesta la idea de que provoquen el mismo efecto en otros hombres. Tal vez esta es otra forma de hacerme suya, de poseerme, y por insensato que parezca, después de tanto tiempo viviendo en un desierto amoroso, en la casi inanición, ansío que alguien me desee así.

—No sé, la verdad. De estos asuntos yo entiendo poco, tú sabes que me crie con una madre que usaba sacos como vestidos y a ella le parecían de lo más elegantes —digo con ironía—. Pero ¿provocador? No lo creo. —Señalo con disimulo la elegancia atrevida de las mujeres a mi alrededor—. Yo creo que el mío, en comparación con los de ellas, parece el vestido de la Caperucita.

—Si la Caperucita hubiera llevado ese vestido te doy firmado que no habría sido la abuela quien terminara en la panza del lobo.

—Estás bien loco, F.

—Ese tal Jorge debió encontrarlo muy bonito.

—Así que se trata de eso.

Me largo a reír, reacción que exacerba su enojo.

—Vi cómo te miraba. Pero lo peor de todo era cómo te ponías tú cuando él te miraba.

—¡Era un chico!

—Un chico con las hormonas bien puestas.

—De verdad estás loco.

Guarda silencio. Me tomo la última copa de vino en un par de tragos, decidida a no dejarme llevar por su mal humor.

La tarde siguiente, cuando me preparo para mi acostumbrado destierro, F me pide que me quede en el cuarto mientras él habla con su mujer.

—En serio, puedes quedarte. Nuestras conversaciones son de lo más domésticas. Ya sabes, hablamos de las niñas, comentamos las noticias del día, en fin, nada que no puedas oír. Quédate, ¿ya?

—No, no. Prefiero esperarte abajo.

—¿Con el tipo de ayer?

Cómo explicarle que no quiero escucharlo hablar con su mujer, que no quiero oír las palabras que utiliza, ni su tono, ni tener que reconocer que ese esposo diligente y el hombre que me hace el amor son al fin y al cabo la misma persona.

—No seas tonto.

—Entonces quédate.

Me toma de la cintura en un gesto de pertenencia.

—No.

—Por favor —me suplica. Su tono me desarma.

—Ok. Mientras tú hablas yo puedo oír música en mi iPhone —convengo. Me siento en una butaca junto a la ventana con un libro y la música a todo volumen.

Al segundo día, F, sin dejar el teléfono, me coge de una mano para que me levante y me sienta en sus rodillas. Desabrocha mi sostén y acaricia mis pezones hasta endurecerlos. Subo aún más el volumen de la música. Nos deslizamos hacia la cama. Los siguientes días volvemos a tocarnos mientras él habla con su mujer. Percibo en él una extraña urgencia, una inquietud que tan solo parece recular con el delito. La música en mis oídos hace que todo adquiera un tinte de irrealidad. El cuarto impersonal del hotel, la ventana que se abre al jardín iluminado, el cielo denso y negro como un cortinaje, y en el centro, una mujer que mueve las caderas chasqueando los dedos por sobre su cabeza a la cadencia de la música que tan solo ella puede oír. Desde la distancia, miro a esa mujer desinhibida que tengo ante mis ojos.

*

De niña tuve una muñeca que se llamaba Flora. Mis padres la habían comprado en el mercado de Portobello. No era una muñeca moderna, de esas cuyas extremidades pueden moverse. Flora estaba condenada a un gesto eterno: los brazos abiertos y las piernas recogidas como las de un bebé. Había perdido casi todo su pelo y solo unos mechones tiesos y amarillos emergían aquí y allá de su calva blanca. Rodeada por el resto de mis muñecas y peluches, Flora era la protagonista de un tiempo que yo construía a espaldas del otro. Me gustaba vestirla con prendas que hacía con papel higiénico para luego desvestirla, exponerla ante los demás actores en su desnudez rosácea. Algunas veces el oso de peluche y el delfín se acercaban a ella y la tocaban con sus extremidades peludas y suaves y era yo quien sentía el estremecimiento de ese contacto. Mi cuerpo moviéndose frente a los ojos de F mientras él hablaba con su mujer era la cumbre de esa subjetividad.

Recién ahora, mientras escribo, me pregunto qué me movía a esas transgresiones, a pasar por encima de lo que fuera con tal de saciar mi apetito. Me impresiona que en ese entonces no tuviera intención alguna de averiguarlo. Al parecer, los enamorados detestan las explicaciones. Lo que quieren es la aceleración de la vida, la dulce y dolorosa anticipación, el egotismo, el desenfreno, la intensidad, la calentura, la exuberancia de las emociones, la verdad del momento, aunque sea falsa. Es después, mucho después, que la razón y las aclaraciones comienzan a ser necesarias. Aclaraciones que rara vez llegan, y que nunca son satisfactorias. Tal vez el amor no puede ser capturado en un enunciado, en una explicación, sino tan solo en los pliegues de un relato.

Ciudad cuatro

El cuarto es una caja de cristal frente al mar, iluminado y cálido como un invernadero. Extiendo una mano hacia la mesilla de noche y miro la hora en mi celular. Son las nueve de la mañana.

—¿No deberías estar en tus charlas? —le pregunto. F me atrae hacia él y acerca las almohadas. Ya conozco sus intenciones y me echo boca abajo.

Ahora estamos inmóviles y sudados sobre la cubierta de la cama. Una luz líquida atraviesa las cortinas.

—Quiero ir a la playa contigo para celebrar tu libro.

Hace un par de semanas envié por fin la última versión de *Los tiempos del agua* a la editorial. Después de entregar un texto suelo entrar en una fase frenética, como si todas las actividades y compromisos relegados durante el tiempo de escritura pudieran ser abordados al unísono. Luego me sumerjo en un estado de orfandad, de desorientación y, sobre todo, de vacío. Pero esta vez ha sido diferente. Ahora está F para sostenerme.

—Pero si me has celebrado todos los días. Además, a ti no te gusta la playa. ¿Y tu congreso?

—A la mierda el congreso. Quiero celebrar contigo.

En un impulso, lo abrazo, agradecida de su entusiasmo y su atención. Cada uno de los cuentos de *Los tiempos del agua* tiene un momento, una frase o una idea que le debo a él. En ocasiones, su cabeza, tanto más rápida que la mía, alcanzaba pronto la solución a una encrucijada, mientras que yo, atrás y a paso lento, ni siquiera vislumbraba la salida. Era entonces que lo hacía a un lado, cerraba la puerta y rumiaba en soledad el devenir de un personaje. Muchas veces, por caminos más largos e intrincados, llegaba al mismo sitio que él me había sugerido, pero otras, y eran estas las que yo buscaba, encontraba respuestas inesperadas que me emocionaban y sorprendían.

*

En la playa casi vacía, F lee bajo una sombrilla de paja mientras yo intento dibujar una palmera en mi libreta negra. Dibujo mal. Mis trazos son rígidos, sin expresividad. Pero ese es el destino de la libreta negra, soportar los asuntos imperfectos e inacabados, los desechos, los pensamientos inconducentes. En su libreta, en cambio, habitan rostros, flores, árboles vivos y expresivos, un don innato al cual él no da crédito.

Yo tengo una piel morena que se tuesta enseguida, en cambio él, a pesar de haberse embadurnado en protector solar, ya ostenta manchas rojas en su pecho. Me fascina mirarlo. Me gusta el dulce cansancio de sus gestos cuando se saca los anteojos y presiona con los ojos cerrados el nacimiento de su nariz. He descubierto que tiene dos risas, una impostada y otra que reserva para mí. Me gusta también su olor cuando montado sobre mí caen en mi pecho las gotas de su transpiración. Olor a humus. A veces pienso que podría dejar todo lo que hago en la vida para mirarlo y olerlo.

—¿Vienes al agua? —le pregunto extendiendo la mano hacia él.

—No todavía, anda tú.

Me interno en el mar. Es un mar plácido y carece de la violencia y del frío glacial de los mares de Gran Bretaña. Mientras nado a brazadas amplias, recuerdo que de niña, jugando en el mar de

Mikonos, mientras mis padres conversaban con sus amigos en la orilla, una onda de electricidad recorría mi espina dorsal y se asentaba en mi sexo en un espasmo. Mar adentro, cuando las construcciones severas de los hoteles se levantan lejanas sobre la playa y F es un trazo sobre la arena, me sumerjo. Qué diferente es el mundo que yace quieto bajo la superficie. La transparencia lánguida y oscilante del agua me envuelve. Una rara felicidad me embarga, como si por fin, después de todos estos años, hubiera llegado a un acuerdo con el elemento que me quitó a Noah. Cuando miro hacia la playa, F está de pie en la orilla, mirándome. Vuelvo nadando hacia él y sin palabras, lo abrazo. Tiemblo.

—¿Qué pasa, cariño? —me pregunta.

—Nada, nada.

Mis lágrimas quedan ocultas en mi rostro mojado. Poco a poco su abrazo va poniendo los sentimientos de vuelta en su lugar. Cuando nos desprendemos, me confiesa que es un pésimo nadador. Su cuerpo apenas flota, no logra dejarse llevar. No lo ha intentado mucho, porque no está acostumbrado a dejar en evidencia su falta de talento en algo.

—Yo te enseño —le digo—. Tú confía en mí.

Nos quedamos en el agua un largo rato, yo sosteniendo su cuerpo en mis brazos extendidos hasta que sus músculos se distienden, su rostro pierde esa expresión de alerta que nunca lo abandona, y se deja estar. Con los ojos cerrados me dice:

—S...

—¿Qué?

—Estoy aprendiendo muchas cosas de ti.

Un tiempo atrás sus palabras y la emoción que me provocan me hubieran parecido ingenuas. A unas decenas de metros, una bandada de gaviotas duerme en el agua. De tanto en tanto, una de ellas levanta el vuelo, se mantiene unos segundos en el aire y luego se marcha, volviendo a reinar la quietud.

Ciudad cinco

Paseamos por el casco antiguo de la ciudad. En medio del olor a orina y a flores, los turistas se toman selfies con sus celulares suspendidos sobre sus cabezas. F también toma fotografías. Pero él persigue algo diferente. Intenta atrapar la imagen de ambos reflejada en los espejos, en los vidrios de los escaparates, en las ventanas de los automóviles, en cualquier superficie brillante. En las fotografías, tiene una expresión decidida y plena, como si el instante congelado en el tiempo y todo lo que contiene le pertenecieran. Mi expresión en cambio es de encogimiento, como si pidiera disculpas por estar ahí. Él con su envergadura sólida de hombre maduro, yo con mi complexión inacabada, las piernas, los hombros, los codos, todo hueso descarnado, como si alguien hubiera sacado lo que había en mí de blando y poroso; él asentado en la tierra que habita con confianza, yo tambaleándome en los tacos que uso para ocultar mi baja estatura; él ataviado en sincronía perfecta con las circunstancias, yo vestida con algún accesorio anacrónico, una bufanda cuando hace calor, un pañuelo demasiado colorido, un sombrero que no sé por qué me he puesto. A veces lo sorprendo mirándome de reojo, como si quisiera atrapar lo invisible que yace en mi interior. Como ahora.

—¿Qué miras? —le pregunto.

—A ti.

—¿Por qué?

—Porque me gustas.

Sus palabras hacen que los cientos de fragmentos en los que me he convertido comiencen a reconciliarse, a devolverme una conciencia amable de mí misma.

—¿Estás seguro?

—¿Acaso no te das cuenta? Me calientas y me interesas y me intrigas y me fascinas.

«Soy», me digo. Soy en las palabras de F, en su mirada, en su deseo. De pronto, sin embargo, esta noción me ensombrece. Es como salir de una jaula para entrar en otra, más luminosa, más grande, pero jaula al fin. La mirada del otro es siempre una celda.

Frente al escaparate de una tienda de antigüedades que ostenta un cuadro de Orfeo y Eurídice, F se detiene, se arrima a mí y con su celular toma una foto de nuestras siluetas reflejadas sobre ese pedazo de historia.

*

Por la noche me lavo los dientes frente al espejo del baño. Estoy desnuda y sé que el hilo de mi tampón sobresale entre mis piernas. La luz blanca me golpea los ojos. F se acerca por detrás y me rodea con los brazos. Se mira a sí mismo. Extiendo una mano hacia atrás y le toco los testículos. Con destreza él me saca el tampón y lo arroja al basurero junto al escusado. Me guía. Su voz es tenue pero decidida. Hacemos el amor despacio. Nunca deja de mirarme y de mirarse en el espejo del baño.

Ya casi nos dormimos cuando le pregunto cómo se ve a sí mismo cuando está con su mujer, si experimenta ese mismo regocijo que le produce nuestra imagen juntos. F guarda silencio, como lo hace siempre cuando transgredo la línea. Por eso me sorprendo cuando, al cabo de unos minutos, me confiesa que la apariencia domesticada y convencional de su mujer a veces lo avergüenza. No quiero saber más. Siento compasión por ella. Compasión por todas las mujeres a quienes sus maridos traicionan con una mujer con la que pueden pavonearse. No me gusta la posición en que yo misma me he puesto. A la mañana siguiente salgo a caminar sola por las calles de la ciudad y no vuelvo hasta que el sol se pone.

*

Con el tiempo, F comenzó a bombardearme con fotografías de sí mismo. No pasaban un par de minutos, cuando ya estaba preguntándome si las había visto. No importaba lo que le dijera, lo importante era que pasaran por mis ojos. Empecé entonces a pensar que lo que él buscaba en mi mirada no era mi entusiasmo, ni siquiera mi aprobación, sino el reflejo de quien él ansiaba ser. En un cuento de Oscar Wilde, después de la muerte de Narciso, las diosas del bosque bajan al lago y descubren que sus aguas dulces son ahora lágrimas saladas. Cuando le preguntan al lago si llora por haber perdido la belleza de Narciso reflejada en su lecho, el lago les responde que nunca se dio cuenta de que Narciso fuera bello, que solo llora porque cada vez que él se inclinaba sobre sus márgenes podía ver, en el fondo de los ojos del hombre, su propia belleza reflejada.

Ciudad seis

—Veintidós —señaló F.

—¿Cuántas? —le pregunté incrédula.

—Veintidós —repitió él un dejo ruborizado.

—Veintidós amantes —repetí y me largué a reír.

Cenábamos en uno de los restoranes de la ribera del balneario que en esa época del año estaban casi vacíos. Mientras él participaba en largas jornadas de conferencias, yo escribía. Cuando me cansaba, salía a pasear. Visité el Museo Romántico y el Palacio Maricel de Terra. A pesar de que F había reservado un hotel diferente al del congreso, no pudo impedir que nos topáramos con uno de sus colegas. Había ocurrido un rato antes de la cena, cuando caminábamos por el paseo marítimo rumbo al restorán. Mirábamos a unos chicos que hacían piruetas al son de una música electrónica cuando de pronto vimos a un hombre y a una mujer que enfilaban en nuestra dirección. F continuó hablándome, pero ya lo conocía lo suficiente como para percibir su nerviosismo. «Él es abogado de una firma afiliada a la nuestra, y ella es pariente de mi mujer», me informó escueto un segundo antes de que ellos estuvieran frente a nosotros. Ella tenía un parecido casi aterrador con la fotografía de su mujer que había visto en el periódico: baja estatura, caderas que ya empezaban a abultarse, un casto vestido hasta las rodillas color crema y unos grandes ojos castaños que se posaron escudriñadores en mí. Él, en cambio, era esmirriado y calvo y bajaba sin cesar sus párpados de pez, haciendo desaparecer sus ojos venosos como si jugara al «estoy/no estoy». Me tendió una mano cuidada y blanda.

—S.N., una amiga chilena que vive en Londres —me presentó F con una naturalidad sorprendente. No dio más explicaciones.

—Mucho gusto —dijo el hombre, parpadeando con más rapidez.

La mujer no despegaba sus ojos de mí. Acostumbrada a las miradas oblicuas y las huidas rápidas de los ingleses, su pertinacia, encubierta bajo una fría amabilidad, me resultó desafiante. Levanté los hombros y la barbilla, me eché el pelo hacia atrás con un movimiento de la cabeza y le devolví la mirada con igual firmeza. Recién entonces apartó los ojos de mí. Oí al hombre que le hablaba a F de un crucero que harían por los Balcanes después del congreso. La mujer propuso que nos uniéramos a ellos para cenar, pero F se excusó aludiendo a otro compromiso, y cuando el hombre terminó de jactarse de su crucero, se despidieron de nosotros sin más. A los pocos minutos caminábamos a paso aún más rápido del acostumbrado. Subimos las escalinatas de una iglesia corriendo y cuando llegamos arriba, miramos atrás. Todavía alcanzábamos a verlos.

—Él es un verdadero huevón —dijo F.

Nos largamos a reír. Me arrimó a un muro, metió la mano por mi vestido y comenzó a tocarme. Tuve un orgasmo súbito y espontáneo, allí, en un rincón, a las puertas de una iglesia. Embriagados por nuestra desfachatez, seguimos caminando rumbo al restorán que habíamos escogido para esa noche.

—¿Encuentras que son muchas? —me preguntó llevándose la copa a los labios.

A través de los cristales del restorán se veía una gran embarcación blanca cuyas luces se abrían paso en el oleaje negro de la noche. Desde una respetuosa distancia, los tres mozos aguardaban diligentes a que las tres parejas que aún permanecíamos sentadas diéramos señales de partir.

—Considerando que estás casado y que en el intertanto tuviste dos hijas, sí, veintidós amantes me parecen bastantes.

Me tomé el último sorbo de vino.

Pagamos y salimos al frescor de la noche. Nunca nos tomábamos de la mano ni caminábamos abrazados. Para F la proximidad física tenía una connotación sexual. Cuando a veces yo apoyaba mi cabeza en su hombro o intentaba hacerme un ovillo entre sus brazos, me recibía tenso, desconcertado.

El mar brillaba como un piso recién encerado. En el fondo, la línea que lo separaba del cielo era más clara y ondeaba sutilmente.

—Cuéntame más —le pedí.

—¿Qué quieres saber? No es algo de lo cual me sienta orgulloso.

—No sé. ¿Cuál fue tu primera amante? ¿Qué edad tenías?

—¿Estás segura de que quieres saber?

—Sí —dije con convicción.

—Yo tenía veintiocho años. Llevaba casado tres. Ella era mayor. Trabajábamos en la misma oficina. Renunció para poder enrollarse conmigo. Pero no me preguntes más, ya sabes mucho, S, más de lo que nadie sabe de mí.

—¿Verdad?

—Te lo juro.

Pero yo quería más. Siempre me había quedado rondando la seguridad y determinación con que en nuestro primer encuentro él se había tocado y cómo me había incitado a hacer lo mismo frente a él. Quería saber si ese rito, que nos producía un placer indecible y que nos unía de una forma secreta, había sido parte también de sus encuentros anteriores.

—No, no, no —insistió moviendo la cabeza—. Nunca imaginé que pudiera hacerlo. Lo había soñado. Eso sí.

—¿Y entonces?

—No sé. Instinto, supongo. Sabía que tú me ibas a seguir.

Continuamos caminando por la senda costera mientras los escasos turistas salían de los boliches rumbo a sus hoteles y los mozos recogían los toldos hasta el día siguiente.

—¿Y qué hacías con ellas?

Se echó a reír.

—Nunca ha sido puro sexo.

—Estás diciendo entonces que siempre ha habido un ingrediente romántico.

—Si quieres ponerlo así.

Cuartos de hoteles. Cenas regadas de buen vino. Manos que se buscan. Arrebatos. El sudor de él dejándose caer en el cuerpo de otra mujer. Imágenes que surgían como si alguien hubiera encendido una pantalla.

—¿Pero quieres que te diga algo? —señaló al cabo de un rato—. Más de una vez me hubiera bastado con llegar hasta el umbral, con que estuviera ahí, conquistada.

—¿Y por qué seguías?

—No sé, en realidad.

—¿Me estás diciendo que a veces hubieras preferido llegar a tu hotel y proporcionarte tu propio placer?

—Puede ser —dijo cauto.

Sus palabras me inquietaban y embriagaban.

El deseo para florecer necesita obstáculos, zanjas, barro, despeñaderos. Como la espada de Tristán —manchada con la sangre de cientos de hombres caídos bajo su poderío— que descansa entre él e Isolda mientras ambos duermen en el bosque. Es allí donde los descubre el rey Mark, legítimo esposo de Isolda. En un gesto magnánimo, el rey recoge la espada de Tristán, pone la suya en su lugar y se aleja del bosque sin despertar a los amantes. Cuando a la madrugada ambos despiertan y descubren que el rey, con su gesto, los ha perdonado y eximido de toda culpa, deciden separar caminos para poder seguir amándose secretamente. Isolda vuelve al castillo de su esposo el rey, y Tristán a las andanzas guerreras. Tristán e Isolda solo saben amarse en los extramuros. Su pasión para subsistir demanda encuentros secretos, prohibiciones. Es difícil imaginar a Isolda domesticada preparando el fuego y la cena para el retorno de Tristán cansado de la aventura de la guerra, para luego ofrecerse a él en la tranquilidad del hogar.

Entre nosotros no tan solo se interponía su mujer —que para mí se reducía a una presencia al otro lado del teléfono, a quien desafiaba y vencía cuando F hablaba con ella mientras me acariciaba—, sino también esas veintidós mujeres a las cuales se había tirado antes de mí. Las conocía en sus viajes. Mujeres de mundo. Cultas y casadas, en su mayoría. Algunas habían sido más significativas que otras. Con una de ellas —esposa de un importante empresario— había tenido sexo durante una cena en el baño de visitas, mientras su mujer y el marido de su amante charlaban en la sala con el resto de los comensales.

La última noche, como de costumbre, salimos a caminar antes de la cena. El cielo estaba encapotado y la brisa era ligeramente fría. Desde nuestro primer encuentro yo había entendido y aceptado la transitoriedad y los límites de nuestro vínculo. Nada nos unía. Nada nos comprometía. F estaba casado y crearme expectativas más allá de esos encuentros pasajeros habría sido de una ingenuidad rayana en la estupidez. Yo no quería más dolor y sabía bien cómo protegerme de él. Por eso, a pesar de las atenciones de F, de su mirada siempre puesta sobre mí, yo mantenía una distancia y tenía a buen resguardo mi corazón. El valor de nuestros encuentros radicaba tan solo en el placer que nos proporcionaban. Sin pasado. Sin futuro. Me gustaba pensar que F tenía su vida bajo control y yo la mía.

Hasta esa noche. Hasta ese último paseo al borde del mar. Un viento negro corría sobre el agua, las ventanas tras los balcones crujían como barcazas. Nos detuvimos junto a un árbol y nos besamos. Me había apoyado en el tronco y sentí su pecho palpitando. Un ramalazo de dolor me atravesó. Era la primera vez que la cercanía de F me recordaba el sufrimiento. Amor y pérdida. Yo sabía que iban juntos. Lo aparté de mí. En uno de los balcones de la casa frente a nosotros se encendió una luz blanca y pálida. Una chica esquelética se asomó a sus barandas de fierro con un cigarrillo encendido.

—¿Qué pasa? —me preguntó.

—Nada —dije y eché a andar. Me alcanzó y me tomó del brazo—. Cuéntame más. Quiero saber más de las veintidós mujeres que te tiraste —señalé con sequedad.

—No. No nos hace bien.

Más tarde, cuando estaba de boca sobre la cama y F entraba en mí, los ojos se me nublaron de lágrimas. Reuníamos agua en un pozo por cuyo fondo abierto todo escurría, sin jamás asentarse. Y ya no quería eso. Ya no quería imaginar que quizás fuera la última vez que estaríamos juntos. Me restregué la cara contra las sábanas y le pedí que se fuera dentro de mí.

Había, además de la atracción que F ejercía sobre mí, otro ingrediente que me empujaba a los brazos de un hombre con quien tan solo podía compartir esos efímeros momentos, un hombre que le había sido infiel a su mujer veintitrés veces. Junto a él, la rabia y el dolor que me habían perseguido todos esos años se distendían y por fin el presente recuperaba su sitio. Pensé que él me sanaba. Que la pasión, aun cuando doliera, me sanaba. Que Noah por fin podría volverse un ángel.

La segunda laguna

Recuerdo la luz que caía dorada sobre los pastos del parque de Hampstead Heath. Éramos felices y nos sentíamos tocados por una fuerza benigna que nos daba licencia, después de un duro invierno, para distendernos, para reírnos y beber un poco más de la cuenta en ese picnic que había organizado mi madre. Ese fue uno de sus últimos momentos de lucidez antes de caer en el sopor de la desmemoria y la demencia. Se nos habían unido Maggie y nuestros vecinos con su hijo Tony, quien tenía la misma edad de Noah. Habíamos desplegado unas cuantas mantas en el césped y los niños jugaban alrededor de nosotros. Más allá del bosquecillo se oían los vítores de los chicos en la laguna. Christopher aguardaba impaciente a que Noah creciera un poco más para poder construir un bote y echarlo al agua. Elisa, con su trasero abultado por los pañales y sus pasos vacilantes, seguía a Noah y a Tony, decidida a no quedarse atrás.

—Sása, anda con mamá —le gritaba de tanto en tanto Noah para deshacerse de ella.

Sentadas sobre una de las mantas, bajo la sombra espesa de un castaño, Maggie y yo conversábamos mientras los demás, un par de metros más allá, comentaban la red de poderes en la cámara de los lores. En algún momento Christopher se largó a reír y nuestras miradas se cruzaron. Nos sonreímos. Me tomé el pelo y luego lo solté, invitándolo acaso a una noche de arrebato, cuando los niños estuvieran dormidos y la ciudad se hubiera sosegado, cuando un par de copas hubieran aflojado nuestros cuerpos.

Noah se acercó a mí para que anudara sus cordones. Aproveché de besarlo en su cabecita castaña y sudada antes de que saliera corriendo al encuentro de Tony, que lo aguardaba a unos metros. Lo miré correr con las mismas piernas flacuchentas de su padre y sentí ganas de corretear con él. A sus seis años empezaba a experimentar el excitante placer de la autonomía. Y a pesar del orgullo que sentía de verlo crecer, una parte de mí quería seguir siendo para siempre el centro de su vida. A lo lejos se divisaban las colas de los volantines de Parliament Hill. Noah y Tony habían dejado atrás a Elisa y jugaban a las escondidas en el bosquecillo. Oíamos sus gritos y sus risas a nuestras espaldas. Mamá guardó en su canasto de picnic unas hojas de menta que había encontrado a unos metros y se sentó con nosotras. Elisa llegó corriendo con su andar de pato y se acomodó en mi regazo. Saqué del bolso un pañal y pañitos húmedos. Mamá le hizo cosquillas en la panza. Desde la distancia Christopher le hacía morisquetas. Elisa se dejó hacer. Doblé el pañal sucio y lo guardé dentro de un ziploc al fondo de mi bolso. Un bolso hecho sin más pretensiones que la de ostentar la devoción maternal y que Christopher acarreaba refunfuñando. Después que nos hubimos terminado las delicias que todos nos habíamos esmerado en traer, Elisa se sentó entre mis piernas y comenzó a juguetear con mis dedos mientras yo escuchaba a Maggie. Un volantín caído se agitaba con la brisa atrapado en la rama de un árbol. Los gritos de batalla de Noah y Tony se volvieron susurros y luego se apagaron.

Echados sobre las mantas entre los restos de la merienda, la canasta de picnic de mamá abierta de par en par como la boca de una ballena, un silencio calmo se apoderó de nosotros. Elisa apoyó su cabeza en mi pecho y se quedó dormida en mis brazos. Podía oler su sudor de niña. Me recosté y cerré los ojos. Pensé en cuán perfectamente feliz era. Con

Christopher no habíamos atisbado en absoluto esa apatía que asaltaba con el tiempo a las parejas y que Maggie solía describir con tanta frialdad, como si se tratara de una estación inevitable en el camino del amor. Una estación de la cual, si tenías suerte, salías junto a tu pareja, y si no, te alejabas caminando sola.

—¿Han visto a Noah? —oí que preguntaba Christopher.

—Está con Tony —repliqué con los ojos entrecerrados, no dispuesta a volver a la realidad tan pronto.

—No. No está con él —respondió. Se levantó de un salto. Alcancé a ver a Tony echado a la sombra del árbol donde reposaban sus padres.

—¡Noah! —gritó mamá.

Al segundo estábamos todos buscándolo.

—Noah, sal de donde sea que estés. Es inútil que sigas escondido.

—Se acabó el juego.

—Llegó la hora de tomarse la leche.

—Tony trajo sus conejitos de pascua.

—Y la abuela Bu les quiere contar un cuento.

—Estamos cansados, Noah.

—Es hora de irse a casa.

—¿Dónde estás?

—¿Dónde te metiste?

—Noah.

—Basta, Noah.

—Basta.

—Basta.

—Basta.

El juego de las escondidas se había vuelto aburrido. Eso dijo Tony después, cuando le preguntamos. Nos arrastramos con Christopher en la espesura del bosquecillo. No habían pasado más de diez minutos, once a lo más. Lo encontraríamos, debía estar entretenido con una laboriosa araña en su tela primaveral, con una colonia de hormigas que marchaba por la rama de un árbol, con un orificio en un tronco. Pero a medida que los minutos caían como granadas, ya no volvimos a mirarnos. Corrimos por los senderos del parque pidiendo ayuda, gritando su nombre. Nos precipitamos de un lado a otro, sin orden, sin lógica, mientras mamá permanecía junto a su canasta resguardando el último pedazo de tierra firme del universo. Elisa, en mis brazos, lloraba. Volvíamos a los mismos lugares, el bosquecillo, el camino, la extensión de pasto que de pronto había adquirido el talante angustioso de un pantano. Mirábamos hacia el cielo, hacia la tierra, debajo de cada piedra, Christopher y yo, cada uno sumido en su desesperación, en su locura. Alguien llamó a la policía. Recuerdo que la luz, esa envolvente luz de la tarde, había adquirido tintes siniestros. No nos detuvimos hasta bien entrada la noche cuando un hombre llegó con el cuerpo de Noah colgando de sus brazos, empapado y vacío como un lienzo sagrado, sin vida.

*

De niña vi un pájaro moribundo en el pasto, su ojo abierto como un pozo, y me dije que nada de lo que había vivido antes se comparaba con la pena que entonces sentí. Años después vi llorar a mi padre cuando murió el suyo. Lo vi llevarse las manos a la cara y llorar. Pensé entonces que ese era el momento más triste de mi vida. Hasta que vi a mi hijo muerto en brazos de un extraño. Ahogado. Entonces sí supe que nada de lo que viviera podría equiparar nunca el hielo negro de esa tristeza.

Ciudad siete

Otro viaje, otro cuarto de hotel amplio y lumino-
so, pero es como si nunca nos moviéramos. Más
bien, como si a pesar de los aviones, los taxis, las
largas caminatas por las ciudades, por las riberas,
por los parques del mundo, a pesar del regocijo de
los encuentros y el desconsuelo de las despedidas,
estuviéramos siempre recluidos en el lugar que re-
presentamos el uno para el otro.

F habla con su mujer en el cuarto, mientras yo,
en el baño, me limpio la cara. En la cena tomamos
dos botellas de vino y estoy un poco borracha. Escucho a Agnes Obel con los audífonos puestos y no
lo oigo entrar. En el espejo veo su rostro angustia-
do. Se acerca sin tocarme.

—¿Qué pasa? —le pregunto alarmada.

Por un instante pienso que algo horrible ha ocurrido, que su mujer nos ha descubierto, que la Hija

Menor ha tenido otra crisis de lupus y ha terminado internada en una clínica, que el mundo de afuera se ha derrumbado.

—¿Cuántos hombres te tiraste después de separarte de Christopher?

Suelto una carcajada. Salgo del baño y me siento en el borde de la cama.

—Ninguno, F.

—Eso no es verdad.

—Sí, lo es.

—No puede ser.

—Pues claro que puede ser.

—Dime la verdad —me pide ocultando apenas su ansiedad.

—¿Por qué me lo preguntas ahora? ¿Acaso tu mujer te dijo algo que te hizo pensar en eso?

Se pone aún más tenso. En contadas ocasiones, y muy sucintamente, me ha hablado de sus hijas. Pero de su esposa jamás. A pesar de haberla engañado con veintidós mujeres, ella permanece para él en un pedestal intocable.

—¿Y? —vuelve a preguntarme.

Aprieta mi cintura. Me toma de la quijada con una mano y empuja mi cabeza hacia atrás con sutileza. En el techo, alcanzo a ver unas pálidas manchas de humedad que forman la silueta de un barco. Si miro con más atención puedo incluso ver las velas alzadas prestas a zarpar.

—Dime la verdad, so puta —dice sin soltarme.

—Pues sí.

Esta es mi venganza. Me vengo de que él me imponga límites sobre su vida, que cuide como un guardia real la puerta de la habitación donde preserva a su mujer.

—Lo sabía. ¿Cuántos? —me pregunta con la expresión de alguien que ha ganado una batalla que hubiera preferido perder.

—Dos.

Siento su maciza erección en mis nalgas. Nos desplazamos sin soltarnos hacia la cama. Es lo que él quiere, una confesión, y yo se la otorgo. Me voltea, dobla la almohada y la pone debajo de mis caderas. La vaselina está fría cuando me penetra.

Él repite la palabra «puta» en mi oído varias veces, saboreándola. Puta, puta, puta. Y luego quiere saber. Quiere saber quiénes son. Cómo los conocí, cuán lejos llegué en el rito del amor. Es el momento de recular. De decirle que no hubo hombres después de la muerte de Noah. Que la sola idea de alguna forma de intimidad física me resultaba repulsiva. Que, junto con mi hijo, se fueron también mi cuerpo y mis sentidos. Hasta que llegó él. Pero no lo hago. No me retracto. No voy a desbaratar el ingrediente que la noción de otros hombres ha introducido en nuestro rito amoroso.

Lo nuestro es la guerra y es esa guerra la que nos azuza, la que nos otorga el arrojo para seguir hasta el fondo del asunto. Una guerra donde cada uno enarbola sus armas como en una danza mortal. No voy a quedarme atrás. F ha tenido veintidós amantes y yo tendré dos.

Uno de ellos es alemán, le cuento, lo conocí en Leipzig. Esa misma tarde yo había presentado mi novela en el festival de literatura de esa ciudad y luego, huyendo del asfixiante panal de escritores, había terminado en la iglesia Santo Tomás, donde Bach solía tocar el órgano. Había visto los carteles en los muros de la ciudad anunciando esa misma tarde *La pasión según San Mateo*. Llegué temprano, cuando la iglesia estaba aún vacía, y me senté en la primera fila lateral. Poco a poco la iglesia se fue llenando, pero el sitio a mi lado permaneció desocupado. Seguramente mis vecinos pensaron que aguardaba a alguien. El coro ya había empezado a cantar cuando él llegó y me preguntó si podía sentarse. Asentí sin mirarlo, escuchaba concentrada las voces. Cuando recuperé el sentido de lugar y de tiempo me di cuenta de que él me miraba.

Tenía un rostro bello, como tallado por un buen artista. Nos quedamos sujetos en esa mirada que comparten dos desconocidos cuando saben que una vez que uno de los dos vuelva los ojos, las posibilidades de ese momento habrán desaparecido, y que por eso mismo no arriesgan nada. Hablamos unos minutos, él me contó que era actor, que había hecho algunas películas. Me dejó sus señas y yo las mías a él. Eso fue todo. Hasta aquí llega la realidad. El resto, el encuentro en Frankfurt, la noche sin dormir haciendo el amor en su departamento, las tostadas de pan negro por la mañana, el último polvo antes de partir, un polvo atolondrado y definitivo, lo inventé para F, para alimentar su imaginación, para no defraudarlo. Para atarlo a mí.

—¿Y qué hicieron además de tirar y comer tostadas?

—Vimos una de sus películas.

—¿En su departamento?

—Sí, en su departamento.

—¿Y tiraron mientras miraban la película?

—No sigas. No tiene sentido.

—Solo respóndeme esto. ¿Tiraron mientras miraban su película?

—Sí.

La segunda historia es menos glamorosa y también tiene un ingrediente de verdad. Se trata de un editor latinoamericano. Un tipo que maneja una moto y que ha editado a varios de los grandes escritores de mi generación. Lo conocí, sí, y me llevó en su moto, pero eso fue todo. Lo demás, como en la historia anterior, lo invento para él. Quiere pormenores. Cómo, dónde, cuánto, qué. Y se los doy. Uno por uno, con la vista baja, acorralada por mi capacidad de inventar. Sé que con cada detalle que le otorgo, me hundo más y más en una fosa de donde ya no podré salir. Mis palabras lo excitan, pero al rato siento su inquietud y luego su cólera, que él intenta controlar con toques de ironía. Aun así, no se detiene, quiere más, y yo sigo inventando. ¿Por qué no interrumpo esta locura? Porque mientras observo su metamorfosis, la forma en que F se resquebraja, algo se aquieta en el centro de mi ser. Sus celos —siente mi corazón ciegamente— son la prueba de su amor. Y la necesidad que tengo de esa prueba me lleva a ignorar su filo letal.

Cuando por fin nos detenemos, nos echamos uno al lado del otro en la cama y miramos el techo, agotados. Por eso me sorprendo cuando él se levanta y comienza a hurgar en su maleta.

—¿Qué haces?

Sigue buscando, concentrado, hasta que saca, de entre las tantas corbatas que ha traído, una amarilla con pequeños caballitos azules. Mira a un lado y al otro con la corbata en la mano, da un par de zancadas y la pasa entre los barrotes de la cama. Toma mis manos y las ata.

—¿Te molesta? —me pregunta.

Niego con la cabeza. Confío en él. Sé que nunca me hará daño. No más del que yo le permita. F saca otra corbata y la ata tras mi cabeza cubriéndome los ojos. Sin visión y sin poder mover mis manos, mis sentidos se avivan. Su tacto se vuelve delicado, sorpresivo, toca aquí, allá, acaricia, me conduce hasta el final. Cuando mucho más tarde me desata, sus ojos están posados en mí.

—Eres mi amor —me susurra al oído.

Sus palabras me emocionan. Tal vez si sigo amándolo así, intensamente, inventando para él una mujer arrojada que no soy, F nunca me prive de lo que me está dando.

A la mañana siguiente me invita a su conferencia. Me pasa una tarjeta con mi nombre para que me la cuelgue al cuello y me anuncia que me tiene una sorpresa. Me siento en la tercera fila donde él me ha reservado un puesto. Huelo el dorso de mi mano donde ha quedado impregnado su olor. Según él, yo también tengo un olor particular. A veces, cuando me llama desde Chile y escucho su voz a la distancia, me huelo a mí misma imaginando que es ese el olor con que él me recuerda.

Es una sala para al menos cuatrocientas personas. Cuando F aparece en el estrado, tengo que hacer un esfuerzo para no largarme a reír. Va perfectamente vestido con un terno oscuro y trae puesta la corbata de caballitos. La corbata con que la noche anterior me ató a la cama. Comienza su exposición. Son asuntos legales entre países que componen las Naciones Unidas y que entiendo poco. Imagino al hombre del estrado, que ahora cientos de almas escuchan atentas como a un dios, subyugado ante el placer que le produce el tacto de mi cuerpo. Es en medio de estas ensoñaciones que oigo la palabra «caballitos». Unos minutos después la escucho otra vez, una siguiente, y otra, y así, por todo el resto de su exposición. A nadie parece resultarle anacrónico o divertido. Todos continúan atentos tomando notas de sus palabras sin inmutarse. Y cada vez que los nombra, F mira hacia la tercera fila y me sonríe.

*

Por la noche, cuando caminamos de vuelta al hotel después de cenar, me cuenta que está escribiendo una novela. Su noticia me sorprende.

—Es una idea que me ha rondado por años.

—¿Por qué no me habías contado?

—Quería que estuviera terminada.

—¿Terminada? ¿La puedo leer?

—Puedes. La traje impresa para ti.

—Debe ser maravillosa, estoy segura.

Me detengo y lo abrazo. Siento su tensión. Lo estrecho con más fuerza hasta que sus músculos se distienden y me devuelve el abrazo.

—No dejas de sorprenderme, amor —le susurro al oído.

—Ya me dirás.

Caminamos al hotel y antes de dormirnos me entrega el manuscrito.

Al día siguiente, mientras asiste a sus conferencias, leo las doscientos veinte páginas. La novela tiene como personaje principal a un connotado abogado que descubre una serie de desfalcos en las más altas esferas de la sociedad chilena. Cenas, cócteles, recepciones, viajes, mujeres elegantes, hombres infieles. Siento placer mientras me paseo por los salones de ese ambiente reservado para unos pocos. Pero también cierto desengaño, como un jarrón que a la distancia anuncia una apariencia exquisita, pero que al mirarlo de cerca revela su tosquedad. Me recuerda la escena de una novela de Henry James en que el buenmozo e inteligente pero poco acaudalado amante secreto de la heroína es invitado a cenar a una mansión de Lancaster Gate, en el corazón mismo de la sociedad inglesa. En medio de la cena mira a su amada, al otro lado de la mesa, y le pregunta en silencio: *Amor mío, ¿es esto el gran mundo?* Aun así, los hechos de la novela de F se suceden con lógica, inteligencia, velocidad, las metáforas resultan iluminadoras y particulares. Está elaborada con la maestría de quien construye un puente de alta ingeniería. Y es aquí donde, creo, radica su problema. Para volverse literario, su puente tan bien montado tendría que conducir a otro sitio, a un lugar que posee el corazón, los dobleces y las sutiles paradojas de la existencia humana. Su mirada resulta horizontal, factual, y los esfuerzos que hace por trascender su esmerada forma resultan torpes, como las coyunturas de una marioneta. Un asunto que no podré comentarle sin herir sus sentimientos.

Cuando F llega por la tarde al hotel, estoy echada en una poltrona junto a la piscina del último piso. He terminado de leer su novela hace tan solo unos minutos. Se sienta frente a mí en el borde de una de las poltronas y deja caer las manos sobre sus rodillas. Trae puesto un terno gris. Hace calor. Unas minúsculas gotas de sudor perlan su frente.

—¿Has podido avanzar? —me pregunta.

—La terminé.

—¿Ya?

—No he hecho otra cosa que leer desde que partiste. Está muy buena, F.

Me mira serio, se saca los anteojos y se pasa los dedos por el hueso de la nariz. Una sonrisa emerge de ese rostro maduro que tanto amo. Me acerco y lo beso. Hablamos largo rato de la novela. Me explayo en sus virtudes. Sin embargo, cuando intento acercarme al meollo de mis aprensiones, siento que él, a pesar de su inteligencia, no es capaz de captar de qué exactamente le estoy hablando. O tal vez sí, pero su orgullo le impide atravesar ese escollo. Me cuenta que ya ha entregado el manuscrito a una editorial en Chile y que la novela será publicada a fin de año.

Me aflige un poco que me haya otorgado el último lugar en la línea de sus lectores, pero quiero creer que es su forma de darme lo mejor de sí mismo. No pienso ahora en las disparidades de nuestras confianzas. Yo le abro las puertas a mis dudas, a los vaivenes de mi imaginación, lo involucro en mi escritura, mientras él escribe una novela de la cual solo tengo noticias cuando está terminada. No me pregunto cómo ha podido ocultar su labor mientras lo que nos ha unido es la pasión por las palabras. Tampoco pienso en las sombrías significancias de su secretismo.

La carta del miedo

Tengo miedo. Miedo a que ocupes mi cuarto. Miedo a que esta añoranza dulce se vuelva dolorosa. Miedo a que mis diques se rompan. Miedo a que nuestras palabras se apaguen. Miedo a que toques mi fondo y no encuentres nada. Miedo a volver al mundo de tres dimensiones. Miedo a querer más, y a pasar por sobre mí misma para obtenerlo. Miedo a cegarme en el placer que me provocas. Miedo a despertar y que tu mail de la mañana no esté. Miedo a ser un concepto, una idea en ti, y que sea esa idea la que tú deseas. Miedo a que se caiga el decorado y quedemos desnudos uno frente al otro, y que no nos baste.

Apenas apreté el botón *enviar*, sentí vértigo. Nadie quiere conocer el miedo del otro, porque siempre es el espejo distorsionado del propio. Esperé frente a la pantalla que apareciera una respuesta. La necesitaba.

Elisa jugaba bajo mi mesa en una fortaleza de cojines. La casa de Maggie, construida en el siglo dieciocho, crujía con la tormenta. Las gotas en el vidrio de mi ventana hacían que las luces de la calle se abrieran en estrellas. Los árboles se agitaban y luego, cuando la intensidad del vendaval disminuía, sus movimientos se aplacaban hasta que el viento volvía a arreciarlos. Tenía las manos frías y las oculté en mis axilas sin despegar los ojos de la pantalla. Elisa bajo la mesa le hablaba a su tortuga con alas. Intenté imaginar mis sentimientos si hubiera sido F quien me enviara la carta del miedo. Habría sentido ternura, sin duda. La fragilidad genera simpatía, compasión, pero a la vez, cuando está desprovista de certezas, produce una irrefrenable necesidad de huir. No me cupo duda de que era eso lo que él sentiría. Urgencia por huir. Con mi mail yo había roto el pacto que nos unía, había destruido la ilusión de un vínculo exento de materia, de imposiciones y de futuro, el único posible entre nosotros. Miré debajo de la mesa y me di cuenta de que Elisa se había quedado dormida con su tortuga apresada contra el pecho. La abracé y la levanté. Me echó sus brazos al cuello. Olía a vinagre dulce. La recosté en mi cama y me eché junto a ella. Respiraba fuerte y arrugaba la nariz como si el aire encontrara cierta dificultad para hacer su recorrido. Me arrimé a su cuerpo tibio, aunque la tortuga con alas quedara enterrada en mis costillas. Miré mi celular y ahí estaba el mensaje de F.

> *No sabes cuánto más te quiero por esto. Te estoy escribiendo un largo mail.*

Volví a leer su mensaje una y otra vez mientras Elisa dormía junto a mí. F había entendido que tarde o temprano el miedo se interpone entre los amantes. Y lo había hecho a través del eslabón más débil. Por eso me había absuelto. El miedo era el costo que yo debía pagar por haber vuelto a la vida. Había pasado cinco años viviendo a medias, y ahora, bajo el influjo de F, mi entorno cobraba un nuevo aspecto, brillante y diáfano. Era como inhalar hasta el fondo después de haberme pasado mucho tiempo respirando a pequeños y tímidos soplos. F no solo había descorrido la cortina que me separaba del mundo, sino que había despertado en mí la sed por abarcar la magnitud de la vida.

Completa. Con todos sus riesgos.

De forma inesperada, la carta del miedo nos abrió una nueva dimensión. La de darle nombre a lo que había permanecido en la penumbra. Las palabras tienen ese don. Arrojan luz sobre los callejones oscuros. Empezamos a comunicarnos con aún más frecuencia. No pasaba hora en que no estuviéramos en contacto. Atesorábamos nuestro amor a la distancia como algo a lo que solo los grandes amantes como Mary Wollstonecraft y William Godwin habían logrado acceder. A pesar de estar casados, nunca vivieron juntos. «Te quiero en mi corazón, pero no colgado todo el tiempo de mi brazo», declaró Mary. Vivían a un par de cuadras, se mandaban notas amorosas y concertaban citas a través de mensajeros. Sabían que era la distancia y las vidas separadas que llevaban las que alimentaban y resguardaban su pasión. Esos eran los amores que celebrábamos, amores que habían roto los patrones de su época y habían encontrado los suyos. Como creíamos estar haciéndolo nosotros.

Ciudad ocho

Los senderos de piedra se suceden unos a otros en un laberinto de sepulcros. Soy yo quien ha traído a F hasta aquí. Al cementerio donde están enterrados Eloísa y Abelardo bajo una cúpula. Los árboles se levantan viejos y devotos entre las efigies de mármol. Mientras caminamos, le cuento la pasión que los unió. A primera vista, el suyo fue uno de esos amores que tanto admiramos, transgresores y feroces, pero tras la historia oficial se esconde otra historia. Es esa la que quiero contarle. Traigo extractos de sus cartas para leérselas frente a sus tumbas.

Abelardo, un conocido profesor de lógica y filosofía en París, tiene treinta y siete años cuando decide seducir a Eloísa, una chica de diecisiete, conocida por su inteligencia y su belleza. Con este fin le propone a Fulberto, tío y tutor de Eloísa, que le rente un cuarto en su casa por una buena paga, además de introducir a su sobrina en las artes de la filosofía. Fulberto acepta. En el curso de esas sesiones, en las cuales Abelardo despliega todos sus encantos y sus saberes, Eloísa se enamora de él.

—¿En qué año exactamente ocurre esto? —me pregunta F interesado. La luz de la mañana espejea en los cristales de sus anteojos.

Me río. Tan de él. Necesita hechos exactos, fechas.

—Alrededor del 1100.

Un día, cuando Fulberto los hace estudiando sus lecciones de filosofía, entra en el cuarto de estudios y los sorprende infraganti. Expulsa a Abelardo de su casa y castiga duramente a Eloísa. Desesperados, los amantes huyen. De su relación nace un niño. Lo llaman Astrolabio. Dejan al niño en manos de una hermana de Abelardo y continúan su vida de prófugos. Al cabo de un tiempo, cansado de huir, Abelardo le propone a Fulberto, a espaldas de Eloísa, casarse con ella. Cuando se lo plantean a Eloísa, esta se niega. No va a caer en la jaula del matrimonio como el resto de las mujeres. Ella aspira a un amor en el cual ambos amantes puedan ser libres. Prefiere ser su cortesana antes que emperatriz, su concubina, su prostituta, pero su esposa jamás. Sin embargo, la presión de ambos hombres se vuelve tan enérgica y categórica —violenta incluso de parte de su tío— que Eloísa termina aceptando. Una vez unidos en matrimonio, Abelardo le informa a Fulberto que ha decidido postular a un alto puesto en la Iglesia que exige el celibato. Deberán ocultar su matrimonio. No podrán vivir juntos.

Un grupo de turistas con buzos brillantes y zapatos de exploradores pasa frente a nosotros. Van acompañados por un guía con megáfono que habla en inglés. Seguramente se dirigen a la tumba de Jim Morrison. Las hojas secas crujen bajo sus pies.

—Sigue, por favor —me pide F.

Condenada a vivir sin su marido, Eloísa se instala en un convento. Volver a casa de su tío después de su presión violenta para que contrajera matrimonio es impensable. Abelardo, sin embargo, no resiste la tentación de saltar los muros del convento para encontrarse a escondidas con su esposa. Al enterarse Fulberto de su atrevimiento, decide vengar el honor de su sobrina —y sobre todo el suyo— y envía a dos hombres a castrar a Abelardo acusándolo públicamente de violador. Castrado y despojado de todos sus bienes, Abelardo cae en la más profunda desesperación y rechaza a Eloísa. No quiere verla nunca más. Eloísa, en cambio, renueva su amor. El suyo no es un amor carnal. Ella ama todo en él y está dispuesta a ser su mujer hasta el fin. Eso le dice. Pero Abelardo no soporta la humillación de haberse vuelto un eunuco y se ordena en un monasterio donde es despreciado e insultado por sus pares. Eloísa lo sigue y toma también los hábitos. Sin embargo, una vez ahí, no resiste la distancia y el silencio que la separa de su amado. Rompe el voto de fidelidad con Dios y comienza a enviarle cartas. Su amor no muere.

Un gato cruza soñoliento las tumbas de los amantes, se detiene y se estira desperezándose. La verja de hierro emite un fulgor cansado. En la tumba vecina unas flores comienzan a pudrirse. Saco del bolsillo de mi abrigo una hoja de papel manuscrito, me pongo los anteojos y leo.

—«Aun durante la Santa Misa, cuando la plegaria debería ser más pura, los oscuros fantasmas de aquellas alegrías se apoderan de mi alma y yo no puedo hacer otra cosa que abandonarme a ellos. No logro ni siquiera rezar. En vez de llorar, arrepentida por lo que he hecho, suspiro, lamentándome por lo que he perdido. Frente a mis ojos te tengo siempre, no solo a ti y aquello que hemos hecho, sino también los lugares precisos en los que nos hemos amado, los distintos momentos que hemos pasado juntos, y me parece estar allí contigo haciendo las mismas cosas. Ni siquiera cuando duermo logro calmarme».

—Es emocionante... —dice—. No hay dobles lecturas en sus palabras, ni dobles propósitos.

A mí también me emociona la honestidad de Eloísa. Puro riesgo. Verdad expuesta. Vulnerable en su desnudez, peligrosa en su pujanza. Eterna.

Una mujer se ha separado del grupo de turistas y arrastra a un niño pequeño entre las tumbas. En el espacio que media entre un mausoleo de mármol y otro, le baja los pantaloncitos y el niño orina.

—Sigue leyendo —pide F.

—Sí, sí. Después de recibir esa carta de Eloísa, Abelardo le escribe una de las respuestas más crueles que ha conocido la historia epistolar amorosa. Escucha: «El amor que nos llevaba al pecado era atracción física, no amor. Contigo yo satisfacía mis ganas y esto era lo que yo amaba de ti».

—Horrible, sobre todo después de la altura de la carta de Eloísa —comenta.

—¿Te das cuenta qué hijo de puta?

—Sí, pero la situación de Abelardo no deja de ser dramática. Lo ha perdido todo, las bolas, a Eloísa, el orgullo, todo.

—Aún tiene a Eloísa.

—Pero si no puede consumar su amor por ella, ¿qué sentido tiene?

—El sentido que ella le da.

—¿Un amor platónico? No. Ese tipo de amor no es para Abelardo. Y si me empujas un poquito, te puedo decir que tampoco lo es para mí.

F me desafía, y la causa de Eloísa se convierte ahora en la mía.

—No nos vamos a detener en esto —continúo con entusiasmo—. Lo verdaderamente cruel, sucio, bajo, indigno, y lo que vuelve a Abelardo el amante más despreciable de la historia, es lo que sigue.

—Ya dime —pide con exagerada impaciencia.

—Prepárate. «He sufrido por ti, tú dirás, puede ser también cierto, pero sería correcto decir que he sufrido por causa tuya, y, entre otras cosas, contra mi voluntad».

Suelto una risa irónica, despreciativa.

—¿Y? —me azuza.

—¿No te das cuenta? Este grandísimo hijo de puta plantea que para los hombres la pasión es un acto involuntario, incontrolable. La acusa de ser la responsable de todo lo que les ha ocurrido simplemente por lo que ella provocó en él.

—La esencia misma de los violadores. Pero, ¿sabes?, hay algo con lo que me siento identificado.

—¡¿Qué?!

—Algo tangencial, tranquila, S. La cosa es así. Abelardo seduce a Eloísa de pura calentura, pero al final él termina cazado en sus propias redes. —Hace una pausa, sus ojos se empequeñecen en una expresión de inteligencia y de delito—. Ese soy yo. El cazador cazado.

—¿Qué quieres decir?

—Eso. Intenté cazarte y el que terminó cazado fui yo. —Se quita el pelo que cae sobre su frente—. Quería probar cuán lejos podía llegar contigo. Tú, tan intelectual, tan linda, tan inteligente, tan deseada, y mira dónde estoy —dice señalándose a sí mismo en un gesto de rendición.

Reconozco que F está atento a cada uno de mis movimientos, que recuerda cada una de mis palabras, que atiende mis más nimios caprichos, pero quiero oírlo de él. Por eso le pregunto:

—¿Y dónde estás?

—Frente a la tumba de Eloísa y Abelardo.

Nos largamos a reír. Él aprieta mi pezón por sobre mi camiseta.

—¡Basta! No he terminado —digo—. La conclusión de Abelardo es que como en la pasión su voluntad fue forzada, él está absuelto de toda culpa. Le dice a Eloísa que él es el espíritu mismo en su pureza, mientras que ella es la carne y la sucia terrenidad.

—El gran amante de la Historia, el gran Abelardo, resultó ser al final un pobre huevón —comenta.

El eco de su voz resuena en los caminos desiertos del cementerio.

—Así es.

—Bueno, a diferencia de ese pobre huevón, yo no solo acepto mi carnalidad y que fui yo quien te sedujo, sino que también me declaro devoto a ti en espíritu e intelecto.

—Eso está por verse.

Un viento tibio agita los árboles, es probable que se largue a llover. Cuando ya estamos prontos a partir, el guía con el megáfono, gritando a viva voz y seguido por su tribu, pasa nuevamente junto a nosotros. El niño va de la mano de un hombre mayor que parece ser su abuelo. De pronto él lo toma en brazos y el cuerpo del niño se entrega y desmadeja como el de un muñeco de trapo.

Veo la laguna de Hampstead y entre los árboles la imagen de Noah en brazos del hombre que lo encontró ahogado. Veo también a F en la orilla de la laguna congelada de Pentland Hills rogándome que me devuelva. Todo parece estar unido por un hilo de muchos nudos que se suceden uno al otro hasta llegar a nosotros. Este es el credo de los enamorados. Que existe un orden divino que justifica y les da sentido a sus sentimientos, un sendero ya trazado del cual no pueden escapar, no solo porque es inútil, sino porque es el sendero justo. Fueron quizás estos principios los que cimentaron el amor eterno de Eloísa.

—¿Estás bien, S? —oigo la voz de F a mi lado.

—Sí, sí, es solo que...

—¿Qué?

—Es todo tan raro.

—Raro y lindo.

—Eso. Raro y lindo —convengo, y lo tomo del brazo para emprender el regreso por los senderos de piedra.

Ciudad nueve

El congreso al cual asistía F se llevaba a cabo en una ciudad moderna, de esas que han sido construidas sobre los despojos de otra a la orilla de un río. Tiene una de las bibliotecas más grandes del mundo y fue ahí donde pasé la tarde. Cuando volví a nuestro cuarto, él ya había terminado sus conferencias del día y me propuso que nos tomáramos algo en el bar del hotel antes de salir a cenar a algún restorán cercano. Apenas nos sentamos en la barra sonó su celular. Miró la pantalla, pronunció el nombre de la Hija Menor, se alejó unos metros y me hizo un gesto con la mano para que lo esperara. La Hija Menor era su debilidad. Según él era la más inteligente de sus dos hijas, pero a la vez la más frágil. Mientras hablaba, su expresión se volvió tensa, afilada, como la de un ave rapaz. Sus gestos también se endurecieron. Una metamorfosis que tal vez para alguien que no lo hubiera conocido bien habría pasado desapercibida, pero no para mí. De pronto me resultó evidente que no hablaba con la Hija Menor, que era otro asunto el que nos había interrumpido. Cuando F notó que lo miraba, se alejó hacia un rincón del bar. Vi que terminaba de hablar y marcaba un número. La otra vida irrumpía. Terminé mi copa y subí al cuarto.

F tardó más de una hora en subir. En tanto, yo me había tomado varias botellitas de licor y me había comido todos los chocolates del minibar. Ya era demasiado tarde para salir a cenar. Le pregunté si a la Hija Menor le había ocurrido algo. Él respondió que todo estaba bien y entró al baño. Cuando salió, volví a preguntarle. Quería darle otra oportunidad para que me dijera la verdad. Sin mirarme, volvió a decirme que todo estaba bien. La fortaleza que levantaba en torno a sí mismo se hacía infranqueable. Yo no tenía lugar en su vida fuera del contexto de nuestros encuentros. F necesitaba vivir en dos mundos, como las ballenas, y yo era la bocanada de aire que precisaba para sobrevivir. El resto era el mar donde se llevaba a cabo su vida. Y aunque lo resentía, lo que de verdad me perturbaba era presentir que en las profundidades de F había algo que se movía y que yo no lograba ver. No podía saber entonces cuán cerca estaba de la verdad.

A la mañana siguiente, cuando abrí los ojos, él me estaba mirando. Parecía buscar algo oculto en mi rostro.

—¿Por qué me miras así? —le pregunté.

—No te estaba mirando, estaba pensando.

Tras la ventana, los arreboles de la madrugada recién comenzaban a deshacerse, el río rugía suavemente. Quise que me abrazara, que desmontara con su calor nuestra distancia. Pero al verse sorprendido mirándome con tal fijeza, se levantó de la cama y sacó del clóset el terno que se pondría ese día.

—Pero si te vi. Me mirabas rarísimo. —Mi voz salió aflautada, como un lamento casi.

—Tengo demasiadas cosas en la cabeza, S —dijo en un tono cabreado, sin voltearse.

Se duchó y se vistió con premura.

—F, ¿qué pasa? Dime por favor.

Necesitaba un momento de verdad.

—Nada. Nada. Qué me va a pasar. —Tomó una carpeta y me dio un beso en la frente—. Tú sigue durmiendo, cariño.

Arrojaba sobre mi miedo y mis aprensiones una vestidura de normalidad. La estrategia de los fuertes. Neutralizar, diluir, minimizar, crear un muro de certezas y verdades incuestionables. Y entonces dudé. Dudé de mis sospechas. Tal vez él estaba en lo cierto y yo imaginaba todo, incluso la mentira que había creído descubrir el día anterior. Esta es también una estrategia de los fuertes: crear en torno a los débiles una neblina de dudas para que pierdan el rumbo y a sí mismos.

Esa tarde, mientras caminábamos por el borde del río con sus tienditas de souvenirs y acuarelas, arremetí de nuevo. Necesitaba saber más.

—Yo creo que mentir es una forma fácil y confortable de ser libre —señalé.

—¿Cómo?

Advertí su inquietud.

—Claro, puedes armar la realidad como se te dé la gana. ¿No? Sacas lo que no te gusta, pones lo que sí, arreglas las cosas por aquí, por allá, lo que sea. Es como ser Dios. Por eso es tan atractivo.

—¿Tú mientes? —me preguntó.

—Todos mentimos. Unos más que otros.

—¿Y tú consideras que yo miento mucho?

—Bueno, llevar una vida como la tuya requiere una buena dosis de mentiras.

Ambos sabíamos que me refería a sus veintidós amantes. Sonreí para mitigar la dureza de mis palabras.

—¿Quieres pelear conmigo? —me preguntó en un tono intencionalmente liviano.

—No, no —dije. Apretó mi mano y seguimos caminando.

Lo que hubiese querido decirle era que su vida secreta le había permitido mantener una distancia interior, incluso con su mujer. En la abundancia no corría el riesgo de crear una verdadera intimidad y que esta lo hiriera. Se hacía invulnerable. Al quitarles su exclusividad, las mujeres se volvían piezas reemplazables. Un juego existencial en el cual él siempre tenía una posición de supremacía. Yo no me consideraba parte de ese grupo de mujeres permutables. Yo era única. Así me lo había hecho creer F, y así quería creerlo.

*

Dibujo una fina línea azul sobre mis pestañas frente al espejo del cuarto mientras F revisa sus mails.

—¿Estoy bien? —le pregunto.

—Mmmm, vas un poquito demasiado maquillada, ¿no crees?

Acerco la cara al espejo para verme con más detención.

—Pero si apenas me he puesto un poco de color en los labios.

—Te ves muy bonita. Todos los tipos te van a mirar. ¿Eso es lo que quieres?

—Sí —respondo alegre.

Hemos quedado de reunirnos en un restorán del centro con la directora del departamento de literatura de la universidad más importante de la ciudad. La mujer ha leído mis libros y está interesada en que imparta un curso de escritura creativa el próximo verano. Salimos a la calle. Es primavera y los tilos están en flor.

En el restorán ambos nos sentamos frente a Anke. Es una mujer de estructura generosa, distinguida, de pómulos altos y cauta sensualidad. Lleva los labios pintados de marrón oscuro. Es la estación de los espárragos blancos, pedimos un plato para cada uno, además de un buen vino para acompañarlos. Puedo percibir la atención de Anke sobre F. No es la primera vez que noto esa atracción que ejerce sobre las mujeres. En una de nuestras ciudades, me crucé en el lobby del hotel con dos mujeres con quienes habíamos intercambiado un par de frases al desayuno, y las saludé. Ellas me miraron desconcertadas, como preguntándose quién es esta mujercita que nos saluda con tanta familiaridad, hasta que de pronto una le mencionó a la otra que yo era la mujer que estaba con ese hombre tan atractivo en el desayuno. Pocas veces había tenido tanta conciencia de mi invisibilidad.

Pronto F y Anke entablan una conversación sobre política internacional en la cual no tengo ni la más remota posibilidad de participar. Es como asistir a una obra de teatro en la cual se suponía que sería la actriz principal y terminar sentada en la galería. Los observo y cuando F o la mujer recuerdan que estoy aquí y me comentan algo, respondo con una sonrisa distante, mirando hacia un punto indefinido del muro donde poder encontrarme. Porque me he perdido. Me he perdido en todo. No entiendo las intenciones de F, no entiendo su risa, la forma en que de pronto roza la mano de la mujer o acerca su torso para escucharla, no entiendo que dibuje en una servilleta la estructura de su propia novela, sus personajes, la relación que guarda con la historia de Chile, no entiendo que su voz, cada vez más alegre, se aleje de mí hasta volverse la de un extraño. No hablamos del curso de narrativa por el cual se supone que estamos aquí, ni de nada que guarde la más remota relación con mi obra. Solo al final la mujer me comenta que me enviará un mail. Pero no es esto lo que me importa. Lo que me desarma es ver en F al predador, al hombre cuyo instinto lo lleva, sin rodeos, a seducir. Un instinto que hasta ahora había permanecido dormido u oculto, como no fuera conmigo.

Los conozco, los he visto actuar, esos hombres que tienen las antenas sexuales siempre alertas, en el supermercado, en los ascensores, en las mesas vecinas de los restoranes, en el reflejo de una ventana donde atrapan la mirada de una mujer. Sí, los conozco. Hombres con las papilas siempre dispuestas a degustar el sabor dulce y excitante de la conquista. Pero, a pesar de sus veintidós amantes, ingenuamente pensé que F no era uno de ellos.

Nos despedimos de Anke a las puertas del restorán. F con efusión. Yo con distancia.

Caminamos en silencio. Soy incapaz de hablar, de decirle lo que siento, porque lo que siento me avergüenza y humilla. Los cafés y restoranes aún no apagan sus luces. El frío se filtra en mis huesos y con este, los dientes blancos de Anke, sus ademanes seguros, los ojos de ambos devorándose mutuamente. Frente a una farmacia aún abierta, F se detiene. Siempre imagina que encontrará algún nuevo medicamento para aplacar su dolor en las rodillas. Entramos. Me pierdo en los pasillos. Al cabo de un rato, después de darme vueltas entre pañales y profilácticos, salgo a la calle. Y ahí está él. Aguardándome.

—¿Te pasa algo? —me pregunta.

¿Es eso lo que me está preguntando? «¿Te pasa algo?». Echo a andar a paso rápido, sin responderle. El hotel no está lejos. Puedo llegar sola. Él me alcanza.

—S, háblame. Qué pasa.

Entonces exploto.

Seguimos caminando, el cielo gigante de un azul oscuro, casi ridículo, y yo vociferando mientras él me sigue el paso como un niño que ha cometido una falta. Desde el fondo de mi ser surge otra mujer, infinitamente más agresiva, infinitamente más desmandada y cruel. Aludo a su vida falsa, a su mujer falsa, a sus hijas falsas, a su don innato para mentir. Por primera vez en mi vida soy presa de un violento ataque de celos. Y necesito sacarlos de mi sistema.

—¿Te sientes muy orgulloso de metérmela hasta el fondo mientras le hablas a tu mujer? ¿A la Intocable, a la Santificada? ¿Ah? Y comerme bien aplicado, sin perderte una gota, mientras ella, la pobrecita, la desdichada, te cuenta las penurias de tus hijas. Es lo que te calienta, ¿verdad? Oír su voz tan doméstica, tan confiada, mientras me follas hasta reventarme. Y no me mires con esa cara como si no tuvieras idea de qué puta te estoy hablando.

145

Arrojo mi rabia contenida como quien lanza una bomba a la distancia, sabiendo que las esquirlas me alcanzarán, que F no olvidará mis palabras y que estas permanecerán latiendo como una herida abierta bajo una fina costra de sangre. Es la primera vez que traigo a colación a su esposa y lo he hecho de una forma sucia, lo sé. F guarda silencio. Ese silencio sólido de él, áspero, concentrado. Seguimos caminando uno junto al otro. La humedad de la noche se comprime contra nuestros cuerpos. En lo alto del cielo una nube blanca hace su monumental avance contra la oscuridad. Una extraña sensación comienza a crecer en mi pecho. Una suerte de goce oculto por las palabras que he pronunciado para él. Hay en esa brutalidad que ha surgido en mí una arista que me seduce. Es otra vez mi muñeca Flora que actúa desenfadada y yo la sigo.

Llegamos al hotel. Caminamos hasta las puertas del ascensor.

—Me voy a tomar una copa y subo —me dice justo antes de que las puertas se cierren.

Quedo sola dentro del cubículo. Al retirarse él de la contienda, ya no tengo contra quién arremeter sino contra mí misma. Me bajo en el segundo piso y subo los cinco restantes corriendo por las escaleras. Llego exhausta. Avanzo despacio por el pasillo de puertas cerradas, todas idénticamente mudas y circunspectas. Máscaras sin rasgos que ocultan el rostro de los viajeros. Un carraspeo, el zumbido de una secadora de pelo, una risa aguda, un estornudo, dos, tres, una bandeja con restos de comida. Las manos me sudan cuando abro la puerta. Me echo sobre la cama. No me gusta lo que siento, no me gustan los impulsos destructivos que provocan en mí los celos. No me gusta el miedo que ahora tengo de perder a F. Tal vez me he enamorado por primera vez, y el verdadero amor es así. Una lucha perpetua, una constante incertidumbre, embriaguez, deseo, un estado donde las emociones violentas y amorosas están siempre a flor de piel. ¿Es eso lo que quiero? Lo cierto es que no importa lo que yo quiera ahora. No hay nada que —con toda la voluntad que sea capaz de reunir— pueda cambiar las cosas.

Cuando F llega, sigo echada sobre la cama mirando el techo.

—¿Todo bien? —le pregunto sin mirarlo.

—¿Y tú?

—Aquí...

—Ven —me dice. Y yo lo abrazo.

Quiero pedirle perdón, decirle que me he comportado como una imbécil. Él me cubre la boca con una mano y me besa.

—Repite lo que me dijiste antes —me pide cuando entre las sábanas nuestros cuerpos se buscan, y yo pronuncio para él las palabras en su oído.

Cuando estamos uno junto al otro, tranquilos, acompasando nuestra respiración, él me confiesa algo. Lo descubrió por casualidad y es, tal vez, uno de los hallazgos más excitantes de su vida adulta. Se introduce objetos por el ano.

—¿Pero qué cosas?

—No sé, el mango de una escobilla de pelo, una vela, lo que sea que tenga la dimensión adecuada para proporcionarme el placer que busco. ¿Quieres probar?

—¿Qué estás insinuando? —pregunto, y él guía mis dedos.

La tarde siguiente, después de sus reuniones, salimos de compras. Caminamos hombro a hombro a paso rápido, como nos gusta. Un grupo de hombres y mujeres sale de una sinagoga. Ellos llevan kipá y ellas peluca. Nuestro objetivo es encontrar el Guru Shop donde imaginamos que podremos hallar lo que buscamos: un juego de velas Stockmar. Las olemos, las tocamos y las imaginamos dentro de F mientras el vendedor nos cuenta que están hechas de cera de abeja y que, producto de su prolongado almacenamiento, emiten una luz especial, como la del reflejo de un cristal.

—También —recalca con una sonrisa bonachona— son muy prácticas, porque en caso de ensuciarse, dado su origen natural, resultan fáciles de limpiar.

Salimos a la calle y nos largamos a reír. El sol es débil y desvaído. Hay palomas bajo los arcos.

—Muy prácticas —dice él—. Muy prácticas.

Frente al Hotel Audler lo beso y F no se resiste. Me cuesta reconocerme en este cuerpo que se mueve con desenvoltura, consciente de sí mismo, en estos gestos que de pronto se hacen gráciles, lentos, como los de las mujeres que se saben bellas. Por eso vuelvo a besarlo, agradecida del regalo que me concede.

F me compra unos cuantos cientos de euros en lencería en una tienda iluminada con lámparas de lágrimas. Son sus regalos que más me gustan. Me los pongo tan solo cuando estoy con él y cuando, a la distancia, nos damos cita para tomarnos una copa juntos. Esas ocasiones terminan en sexo. F tiene el especial don de saber esperarme, dilatar su placer hasta que oye por el teléfono mi respiración agitarse. Entonces nos dejamos ir y terminamos juntos. A veces, en algunos viajes, mis calzones desaparecen. Los más finos, los que uso con mayor frecuencia. Después él me envía fotos. Cada uno está en su ziploc individual para, como dice él, preservar mis olores. Tiene una colección.

—¿Nunca has pensado tirar con un hombre? —le pregunto.

—He pensado que me encantaría desdoblarme, ser dos.

—Es decir, te gustaría tirarte a ti mismo.

—Exacto.

—¿Lo dices en serio? —le pregunto.

—Muy en serio. Me fascinaría poder tirarme a mí mismo.

*

¿Por qué sus confesiones surgieron esa noche? ¿Por qué después de que él me mostrara su rostro más turbio con la catedrática y yo el mío con mis celos? Tal vez porque no hay delirio más voraz que el deseo. Se alimenta de lo que encuentra, de lo que sabe y no sabe, crece mejor en las sombras, en los santuarios prohibidos, en las distancias insalvables. Necesita estar en constante movimiento, en constante exploración y desobediencia. Su naturaleza es la de una bestia dispuesta a zamparse lo que sacie su hambre, aunque el dolor sea insoportable. Aunque te envenene. Tal vez el verdadero cometido de las leyes de civilidad es mantener encerrada a esa bestia tras los muros del decoro y las buenas costumbres para que no arrase con la especie.

De las veintidós mujeres con que F le había sido infiel a su mujer, había una que mencionaba con cierta frecuencia. Se llamaba J. Había dispuesto a sus amantes en un catálogo ordenado por duración e intensidad. En el peldaño más bajo estaban los «divertimentos pasajeros», amores fugaces de un par de noches. Luego venían los «divertimentos recurrentes», mujeres con quienes se encontraba de tanto en tanto en sus viajes. En los dos últimos escalafones estaban los «amores importantes» y «el amor de su vida». J era la única que ocupaba el rango de amor importante. Cuando me mencionó por primera vez su catálogo, no le pregunté si el último escalón, el del amor de su vida, estaba reservado para su esposa. Mucho más tarde, él me declaró que yo era la única que había ocupado ese lugar. Yo era el amor de su vida. Yo.

En un espiral de confesiones que nos hacían daño, pero que a la vez exacerbaban nuestro deseo, le pedí que me contara la historia de J con todos sus detalles. Lo que más llamó mi atención fue la forma en que después de terminar con ella, o de que ella terminara con él —nunca me quedó claro—,

mató su recuerdo. Les regaló a sus siguientes amantes cada obsequio que le había hecho a ella, cenó
con una mujer en cada lugar donde habían cenado
juntos, cada café, cada bar, inmoló cada escondrijo
de la ciudad donde su aventura había tenido lugar,
escuchó con otras mujeres cada canción que habían
oído juntos, cada sinfonía, hasta que todo lo que alguna vez había significado J perdió su exclusividad.
Había un componente obsesivo y perturbador, por
decir lo menos, en su esmero. Sin embargo, cuando
me lo contó, inmersa en su misma demencia, solo
vi el romanticismo de un hombre que, en medio de
la vorágine de la vida, se había dado el tiempo para
destruir la memoria de una mujer.

Muchas veces mientras hacíamos el amor yo
invocaba a J. Imaginaba su cuerpo voluptuoso, ex-
cesivo, la antítesis del mío. Veía a F inclinando la
cabeza para buscar la humedad de su sexo, reco-
giendo los brazos en torno a su cintura, otorgán-
dole a ella las manifestaciones de su lujuria. Incluso
imaginaba a J introduciendo la vela de cera de abeja
en su ano, como comencé a hacerlo ese día mientras él, excitado de una forma inédita, se tocaba
hasta irse en mi boca.

Ciudad diez

Hoy hemos caminado largamente por las calles de la ciudad de James Joyce y ahora F está sentado en un sillón con las piernas extendidas para apaciguar el dolor en sus rodillas. El cuarto es pequeño, atestado de decoraciones y muebles de madera de cedro viejo. En el baño hay una tableta de jabón de limón: «Una dulce cera alimonada», como diría Leopold Bloom. Al otro lado de la ventana, el parque frío y vasto.

He traído las cartas de amor que Joyce le escribía a Nora Barnacle, su mujer, y, echada sobre la cama, las leo en voz alta para nosotros. He escogido las más jugadas, las más íntimas, para no olvidar que es por esto que estamos juntos. Porque nuestros cuerpos y nuestras almas se añoran dolorosamente a la distancia y se extasían cuando por fin se encuentran, porque hemos llegado hasta aquí a pesar de la distancia, a pesar de los celos. Le leo:

—«Me gustaría que usaras bragas con tres o cuatro adornos, uno sobre el otro, desde las rodillas hasta los muslos, con grandes lazos escarlata (...) y con abundante perfume de modo que las enseñes, ya sea cuando alces la ropa rápidamente o cuando te abrace, lista para ser amada, pueda ver solamente la ondulación de una masa de telas y así, cuando me recueste encima de ti para abrirlos y darte un beso ardiente de deseo en tu indecente trasero desnudo pueda oler el perfume de tus bragas tanto como el caliente olor de tu sexo».

—Sigue leyendo, por favor —me pide.

James Joyce y Nora Barnacle se encontraron por primera vez un 16 de junio. En honor a esa primera cita, *Ulises* acontece en esta fecha. Ese 16 de junio, el real, el de la vida de Joyce y Nora, ella introdujo su mano dentro de sus pantalones y lo masturbó. Fue entonces que James se hizo hombre. Así lo escribió él: «Ese día Nora me hizo hombre». Pocos meses después partían juntos a Europa. Su vida fue errante, pobre. Dicen que Nora era alta y que a pesar de su origen sencillo poseía una elegancia innata. Dicen que le gustaba hablar, conversar de cosas nimias de la vida, como Molly Bloom. Dicen que le gustaba la calle, mirar a las personas y sacar sus propias conclusiones. Dicen que le gustaban los

placeres que podía darse a sí misma y a su amante. Hay algunos que dicen que era boba. En 1909,
James tuvo que viajar de vuelta a Irlanda y Nora
le escribió una primera carta, iniciando así una correspondencia que después ellos llamarían «Nuestra
correspondencia sucia». Las cartas de Nora desapa-
recieron, como los escritos de tantas mujeres que
permanecen en las sombras, pero las de James,
a pesar de los esfuerzos de sus descendientes por
mantenerlas ocultas hasta avanzado el siglo XX, ter-
minaron pasando a la historia.

—«Te sueño a veces en posiciones obscenas.
Imagino cosas muy sucias, que no escribiré hasta
que vea qué es lo que tú me escribes. Los más insignificantes detalles me producen una gran erección (...) En algunos momentos me siento loco,
con ganas de hacerlo de alguna forma sucia, sentir
tus lujuriosos labios ardientes chupándome, fo-
llar entre tus dos senos coronados de rosa, en tu
cara, y derramarme en tus mejillas ardientes y en
tus ojos».

Por la ventana se divisa un pedazo de cielo que
se oscurece. Algunas luces de la calle se encienden.
A través de los cristales esmerilados se intuye el frío
antiguo de la tarde que cae sobre la ciudad. La de
James y Nora.

—Lo tenías todo pensado —me dice F, envolviéndome con su mirada amorosa—. Desde el mismísimo instante en que sugeriste que viniéramos aquí, ¿verdad?

—Así es, cariño. Yo nunca voy a cejar.

—Yo tampoco. Nunca, ¿oíste? —me susurra al oído con la respiración agitada.

—Nunca —repito.

La vida simultánea

Los últimos meses me los había pasado yendo o llegando de algún sitio, y cada vez se me hacía más difícil conciliar la vida cotidiana con mis viajes para reunirme con F. Ya no encontraba más enfermedades que justificaran mis ausencias en el colegio. Londres se había vuelto un sitio de paso, un paréntesis entre un encuentro y otro. De no ser por Elisa, hubiera errado perdida. Nuestros ritos me ataban a la realidad. Nuestras lecturas juntas por la noche, los arrumacos en mi cama por la mañana, las caminatas a su colegio mientras yo le contaba las historias que había oído de mi madre, mitologías y leyendas chilenas que la intrigaban tanto como me habían intrigado a mí. Anhelaba en cada uno de esos momentos revelarle la materia esencial de la vida, esa que lo abarca todo y que todo lo esclarece pero que por desventura yo desconocía. Quería creer que el reducto que compartía con mi hija era el único espacio de mi vida que F ni nadie podía tocar. Pero lo cierto es que, por mis constantes ausencias, Elisa pasaba más y más tiempo en casa de su padre, y en ocasiones, cuando yo llegaba, me pedía quedarse un día más con él para ver a los abuelos, ir a un concierto o acompañarlo al parlamento.

Las visitas a mi madre también se habían espaciado. Echaba de menos las tardes que pasábamos juntas, ella sonriéndome ausente desde la distancia de su mundo mientras yo le hablaba.

Cuando llegué a verla esa tarde, estaba sentada en el jardín junto a un hombre que despedía un penetrante olor a ginebra y a una mujer de rasgos aristocráticos y desencantados. Miraban los tres en silencio cómo un par de carpinteros recomponían las banquetas de madera que los últimos vientos habían terminado por echar abajo. Apenas saludé a mamá, me di cuenta de que había estado llorando. La ayudé a levantarse y echamos a andar lentamente hacia la casa. Le había traído galletas de jengibre y pasamos por la cocina a prepararnos un té de hierbas.

—¿Qué pasa, mamá? —le pregunté cuando ya estábamos sentadas en su cuarto colmado de luz.

—Tu papá se fue sin despedirse.

—¿Cómo?

—Me dijo que ya volvía y se fue. Ni siquiera me dio un beso.

—Papá se fue hace mucho tiempo, mamá, y antes de irse se despidió de nosotras.

Pero ella siguió hablándome de papá, de la imagen que después de su muerte había construido de él, el héroe imposible, el romántico atento que nunca fue. También me habló de una mujer con quien había tenido esa mañana una discusión después de que pretendiera seducir a papá. Ideas inconexas que soltaba con voz queda, sin rabia. Sus ojos se cerraron y calló. Yo también cerré los míos. Su respiración dura se acompasaba a las voces que nos llegaban de la sala común. Mi memoria retornó a nuestra casa en Brixton. Papá intenta comunicarse con alguien en Chile por el teléfono adosado a la pared. Su padre ha muerto y él no estará ahí para enterrarlo, no hay dinero para pasajes, se agita, se lleva las manos a la cara, llora. Mamá tiene los ojos enterrados en su tejido y yo los observo en silencio en esa vida que nunca llegó a ser la mía. Entendí muy pronto que cuerpo y alma pueden coexistir en tiempos y lugares separados. Aunque habitáramos la misma casa y nuestros cuerpos convivieran uno al lado del otro, vivíamos en mundos diferentes. Ellos en Chile y yo en el barrio de Brixton. Yo también con el tiempo aprendí a escurrirme por los intersticios de la realidad para irme a otros sitios. Por eso ahora mi ser estaba escindido en dos mundos, como el de ellos entonces. Abrí los ojos. Mamá se había quedado dormida. La tapé con un chal y me quedé sentada a su lado. Tuve la sensación de que por primera vez en largo tiempo me detenía. Me detenía y estaba. En el muro, la fotografía de papá sentado a la mesa de su taller de carpintería, con uno de sus pájaros de madera a medio terminar en la mano, me miraba. Mi vida no existía. Yo solo estaba para F, para esos momentos del día en que nuestras palabras se cruzaban. No pasaba minuto en que no mirara ansiosa mi celular. Vivía para la existencia mezquina que me otorgaba esa pantalla. Retornaba a casa después de nuestros viajes, pero nunca volvía. Mi ser seguía gravitando en torno a él. Todo lo que hacía y pensaba era para él. A veces me veía a mí misma como una indigente que aguarda a un actor a las puertas traseras de un teatro para tan solo mirarlo salir, sabiendo que en unos segundos desaparecerá en los intersticios de su propia vida.

En lugar de tomar el bus de vuelta a casa como solía hacerlo, volví caminando. El resplandor púrpura del ocaso se hundía en el centro de la ciudad como si este se lo estuviera tragando. Hacía frío.

La proximidad del invierno era inminente y en las calles la gente volvía una vez más a ocultar su optimismo estival bajo sus grandes abrigos. Sabía que algo tenía que cambiar. Y mientras caminaba, pensé que podía empezar por recobrar ese bien tan preciado que hasta entonces había constituido el centro de mi vida: el silencio. A solas con mis textos y mis lecturas, el silencio se volvía el origen de todo.

Llegando a casa me senté frente a mi escritorio. No había nada que temer. En los peores momentos me había sumergido en las palabras y había aguantado en su fondo hasta que el tornado pasara. Yo no era de esas personas a quienes las penas de amor destrozan. No. Yo era la proa dura de un barco, la cubierta firme de un libro antiguo, la flor de un cactus. Eso creí mientras encendía mi computadora e inventaba esta poesía barata que se desvaneció apenas me encontré frente a la página en blanco. Lo que sentí fue angustia pura y seca. F se había colado en el único espacio que yo tenía y se había apropiado de él. Como de todo lo demás. Faltaban dos horas para ir a recoger a Elisa. Miré por la ventana y vi el vacío de la ausencia. De la ausencia de mí misma. En un ataque de ansiedad marqué el número de F. Habíamos hablado dos veces por la mañana. Me dijo que entraba a una reunión, que me llamaría cuando terminara. Sonaba impaciente. Colgamos. Todo en mi cuarto —el kilim raído de mamá, las repisas atestadas de libros, la taza de café del Angelika Film Center sobre mi escritorio—, todo se vació de contenido, y la angustia, como una serpiente, comprimió mi cuello.

El silencio que tanto ansiaba tan solo tomaba valor en una quietud que hacía tiempo había perdido.

Amor desesperado

Para Semana Santa, Christopher invitó a Elisa a Glasgow, y como era mi costumbre cuando viajaban juntos, los llevé a Heathrow en el añoso Rover de Maggie. En el asiento trasero, con la atención de ambos puesta sobre ella, Elisa no paraba de hablar. De tanto en tanto yo miraba a Christopher, que iba a mi lado. Aún conservaba esa apariencia de falso descuido que me había cautivado al conocerlo. Crespos irisados como los de las acuarelas de John Singer Sargent, chaqueta de tweed que vuela en su cuerpo afilado, sonrisa melancólica, ojos castaños que nunca dejan de traspasarte y cuestionarte. Por un instante, eché de menos su desapasionada ternura, su forma aplicada y sin aspavientos de encarar la vida, esa que hacía que los días tuvieran un sabor dulce, sin grandes sorpresas, pero también sin grandes descalabros.

Hasta que Noah nos dejó.

El día que lo enterramos, el sol que rebotaba en las lápidas vecinas hacía doler los ojos. El cielo se arqueaba como una gran boca, aguardando hambriento a nuestro Noah. Los días previos son una nebulosa en mi memoria, pero sí recuerdo el trayecto sombrío y duro de vuelta a casa. Apenas llegamos, Christopher subió las escaleras y se encerró en su estudio. Acosté a Elisa a mi lado y pronto se durmió. Me quedé oyendo los pasos desvariados de Christopher en el piso de arriba. Pasadas las tres de la mañana, se detuvo. Debió caer exhausto sobre el sillón, donde se despertó al amanecer con los ojos hinchados. Cuando bajó, yo preparaba café. Bebió una taza de pie en la cocina, me dio un beso con sabor a tabaco y salió. El mismo rito se repetiría día tras día durante el año siguiente. Sus ademanes se volvieron lentos y pesados. El rictus ensombrecido no desapareció más de su rostro. Pero ahora, sentado a mi lado y oyendo a nuestra hija parlotear en el asiento trasero, percibí que algo había cambiado en él, que el dolor y la culpa, como en mí, habían comenzado a ceder.

Los despedí en el umbral de Inmigraciones. Ya en el auto, de vuelta a la ciudad, se me escaparon un par de lágrimas. Quise reírme de mi sentimentalismo, pero no pude. La carretera desaparecía tras de mí como un mundo que se hundía. Sobre el capó, los faroles se repetían con angustiante exactitud. Era como ver pasar el tiempo y la distancia que me alejaban de Elisa y de Christopher. Y sentí miedo. En un instante Noah corría riendo y al siguiente ya no estaba. La fragilidad de la vida me mostraba sus garras otra vez.

Sonó mi celular. Era F. Él sabía que a esa hora yo ya iba de vuelta a casa. No le contesté. No quería que me oyera en ese estado, atrapada en el miedo. El celular siguió sonando una y otra vez.

—¿Qué pasa, cariño? —me preguntó cuando finalmente respondí.

—No sé, uno de esos días, supongo —le dije a punto de largarme a llorar.

—Cuéntame —me pidió, intuyendo acaso lo que se escondía tras mis palabras.

Le conté de mi miedo a que Elisa y Christopher desaparecieran. Y por primera vez le hablé de Noah. Entraba a Londres y el fin del día se arrastraba sobre las calles, sobre las casas victorianas, sobre las plazoletas y los árboles, sobre las farmacias y los carritos de comida rápida, sobre la multitud de caras grises y cansadas que desaparecían tras los accesos a las estaciones de metro.

—No voy a desaparecer de tu vida. Jamás. Quiero que te lo metas muy adentro de tu cabecita. ¿Me oíste? Nunca te voy a hacer daño.

Podía oír la emoción en su voz.

—Sí, sí oí.

Sus últimas palabras quedaron resonando en mí.

—¿Por qué no me habías contado?

—Supongo que no estaba preparada. No quería que me compadecieras.

—Lo que siento por ti es otra cosa. Muy lejos de la compasión. Y lo que me acabas de contar ha hecho aún más fuerte ese sentimiento.

—¿Qué sentimiento?

—Tú lo sabes.

—No lo sé.

—Yo te quiero, S.

Sentí un golpe de emoción. Era la primera vez que uno de los dos enunciaba sus sentimientos hacia el otro de forma inequívoca. Una neblina azul entraba en las casas y las hacía resplandecer. Pronto las luces estarían encendidas y las familias felices se reunirían para la cena.

—No digas eso si no es verdad —le dije con dureza—. No sé para ti, pero para mí las palabras van en serio.

Desde muy niña había aprendido que las personas suelen soltar las palabras con la misma liviandad con que arrojan el corazón de una manzana por la ventanilla de su automóvil. Detestaba esas palabras. Me había pasado la vida aprendiendo a detectarlas, porque si no estabas atenta y las tomabas por ciertas, el vacío que contenían podía herirte de muerte. Yo no quería que F me hiriera de muerte.

—Lo digo en serio, muy en serio. No tienes por qué enojarte.

—Lo siento —dije arrepentida—. Ya voy llegando. ¿Te parece que hablemos después?

—Cariño, ahora entro a una reunión y luego tengo una cena. Estoy seguro de que te lo mencioné, ¿no?

—No. No me acuerdo.

—Ay, disculpa, tal vez se me fue. Pero podemos hablar mañana en la mañana apenas salga de casa, ¿ya? Te puedo acompañar a tomar desayuno, y quién sabe, hasta podemos...

—Tranquilo, no te preocupes, que te vaya bien en tu cena —dije intentando aplacar mis sentimientos. Cortamos y entré a casa.

Él tenía una cena de verdad, una mujer de verdad, unos amigos de verdad. Una vida que vivir. Lo nuestro no era la vida. Era como sintonizar la serie de turno y quedarse mirándola hasta que el sueño te venciera, sabiendo que al día siguiente despertarías. Me saqué el abrigo y lo colgué tras la puerta. Maggie estaba en la feria del libro de Auckland. Prendí las luces y abrí una botella de vino. Me serví una copa y me senté a la mesa de la cocina. Después de tres años juntos le había por fin hablado de Noah. No sé bien qué esperaba que sucediera cuando le revelara esa gigantesca verdad, pero no sentir esa soledad que de pronto se dejó caer sobre mí, esa intemperie, como un cactus sin espinas en medio del desierto.

—Salud —dije en voz alta alzando la copa.

Me la tomé de un envión y me serví otra. De la casa contigua, los sones de un aprendiz de violín llegaban en sordina. A través de la ventana divisé las estrellas pegadas al cielo como tachones.

Había experimentado el amor de hija, de madre, el amor tranquilo de Christopher, también otras formas de amor, como el amor envidioso a mi mejor amiga, o el amor compasivo a Miguel, mi hámster, que avanzaba sin cesar en su rueda como si fuera a algún lugar importante. Pero nunca había tenido la experiencia del amor desesperado. Amor desesperado es cuando a sabiendas de que él duerme con su esposa, tal vez acurrucado a sus espaldas, aguardas con los ojos abiertos a que se encienda la luz de tu celular con un mensaje suyo. Amor desesperado es cuando arrojas a la basura la mitad de tu guardarropa porque sabes que él no lo aprobaría y luego, arrepentida, sales a la calle cuando una tormenta de lluvia se ha desatado y buscas en el cubo de la basura tus jeans deshilachados y no los encuentras y vuelves a entrar a la casa empapada, tiritando, maldiciéndote por convertirte en una mujer que detestas. Amor desesperado es cuando despiertas por la mañana y no sabes dónde estás y descubres que tu cuarto no es tu cuarto, que tus libros no son tus libros, que nada de lo que contiene esa vida que has construido con esmero y esfuerzo te importa un comino porque él no es parte de ella. Amor desesperado es cuando en el sexo ocultas las lágrimas ante la noción de lo efímero. Amor desesperado es estar con él y ser incapaz de estar con él en paz porque el miedo ante la inminencia de la pérdida es más grande que tu amor. Amor desesperado es mirarlo a los ojos y ansiar allanar a través de ellos su mente, conocer sus secretos, saber qué piensa, qué siente, qué quiere de ti, qué busca. Amor desesperado es gritarle una noche, en medio de una discusión banal, que desprecias su vanidad, su doble vida, sus mentiras, cerrar la puerta del cuarto del hotel de un golpe, salir a la calle temblando y saber que has hecho algo irreparable. Amor desesperado es ser consciente de que vives el más triste y asfixiante de los amores, y seguir.

Me terminé la botella, me tomé dos pastillas para dormir y me metí a la cama. Las notas del violín de mi vecino descendiendo en espirales me hundieron en los sueños. Avanzada la noche desperté mareada. Alcancé el baño apenas, y vomité. A la mañana siguiente tenía en mi mail un mensaje de F y un pasaje a Chile.

Perdóname, S. Tú me hablaste de Noah y yo reaccioné como un imbécil. Debí quedarme contigo en el teléfono. De verdad lo siento. Te lo dije, yo te quiero, por eso me gustaría que vinieras. Tú decides. Este es mi regalo.

No le pregunté cómo se las arreglaría, dónde me hospedaría, cómo compatibilizaría durante esos días mi presencia con su vida, qué estaba dispuesto a mostrarme y a compartir conmigo, quién iba a ser yo en esa obra cuyos personajes él tendría que mover como un titiritero. Tal vez esa invitación tan temeraria, tan llena de riesgos para él, era una manera de plantearse un obstáculo y así poder franquearlo, un desafío que enfrentar y vencer. Una forma más de aplacar esa inquietud, esa insatisfacción que yo ya conocía, y que eran acaso el origen y la motivación de su amor por mí y de todo lo que lo movía hacia los márgenes de la existencia.

Ciudad once

Había estado en Chile solo una vez, a los nueve años, cuando el hermano mayor de mi madre nos invitó a pasar una semana a su casa a las orillas del río Calle Calle, a un par de kilómetros de Valdivia. Ahí conocí a mis primos, con quienes no tenía más en común que un apellido que compartíamos con millones de chilenos. Era muy pequeña para apreciar la belleza del lugar, y las largas tardes lluviosas —no demasiado diferentes a las de Londres— que pasamos dentro de la casa jugando a juegos que yo no entendía, no hicieron que me llevara una impresión gloriosa del país de mis padres. Para mí ahora Chile era F. Podría haber aterrizado en Ciudad de Guatemala, Lima o Buenos Aires y hubiera sido lo mismo.

F me aguardaba en el aeropuerto de Santiago con unos anteojos oscuros que ocultaban parte de su rostro.

—¿Andas de incógnito? —le pregunté riendo. Quise abrazarlo, pero me contuve.

—Un poco —dijo con su media sonrisa.

Tomó mi maleta y caminamos rápido hacia los estacionamientos. Ya no éramos dos amantes en una ciudad que no nos pertenecía. Ya no éramos ese hombre y esa mujer que se seducen jugando a las confidencias y que se otorgan absoluciones sin ningún costo. Al invitarme a su territorio, F se exponía peligrosamente. Él lo sabía y yo también.

Antes de llegar al estacionamiento sonó su celular. Se alejó unos metros y continuó hablando. Mientras hablaba, fue adquiriendo una expresión severa que afilaba su rostro y helaba su mirada.

—¿Pasa algo? —le pregunté cuando estuvo de vuelta a mi lado.

—No, no, nada.

Ya había notado sus mudanzas repentinas y la dureza que se asomaba entonces en él. Pero ya habría tiempo para detenerme en ello. Ahora quería vivir ese momento sin interferencias, sin malos presagios.

—¿Dónde me llevas, amor? —le pregunté cuando ya habíamos salido del aeropuerto.

—A mi casa en la playa.

Recordé las fotografías que había visto en el periódico cuando apenas lo conocía. Su mujer, su hija mayor y su nieta. La vida feliz de una familia burguesa en su casa de playa.

—¿Estás seguro?

—Tú solo confía, cariño —me dijo.

Ya en la carretera, se sacó los anteojos y pude ver sus ojos. F me había comprado muffins de arándanos y en un termo traía café negro como sabía me gustaba. Le di un beso en la mejilla, me comí los muffins y confié. Pensé que, si algún día todo aquello se acababa, tal vez lo que más echaría en falta sería esa atención que ambos nos prodigábamos, esa ternura que exudaban nuestros gestos. En mi maleta le traía una rara edición de un libro de Lorca, la «Oda a Walt Whitman», publicada en México en 1933 con ilustraciones de Manuel Rodríguez Lozano. Lo había encontrado en una de las librerías de viejos de Hay-on-Wye y sabía que lo haría feliz.

*

Entramos en un balneario de árboles altos y espesos entre los cuales se vislumbraban grandes casonas de estilo europeo. Su verdor y los antiguos muros bajos de piedra que circundaban las calles tenían ciertas reminiscencias de Capri. Poseía ese aire silencioso y pulcro de los sitios vedados para los afuerinos sin nombre, reservado tan solo para los privilegiados propietarios de esas casas que miraban altaneras el océano Pacífico. La de F era una de ellas.

Antes siquiera de desempacar, F me condujo a un cuarto con vistas a la bahía donde podría instalar mi computadora. Él sabía que necesitaba un sitio donde escribir, aunque fuera un par de horas al día. En los hoteles era lo primero que hacía, despejar el escritorio atestado de cartelitos y enseres inútiles, poner mi computadora y dejarla abierta como una gran boca que aguarda ser alimentada.

Nos duchamos juntos en el gigantesco baño que F compartía con su mujer. Sobre la cubierta de mármol había frascos de perfumes y cajitas de maquillaje en cuyo esmero y orden podía aún sentirse el aliento reciente de ella. Como la primera vez, me pidió que le lavara el pelo. Cuánto camino habíamos recorrido para llegar hasta ahí. Nos vestimos y cuando él bajó para preparar un trago que nos tomaríamos en la terraza, yo entré al gigantesco vestidor de su mujer.

Pasé mis dedos por su ropa, sopesando su textura, su peso, intentando atrapar su olor. En el centro de su reino había una elíptica, y ahí le pedí más tarde a F que me follara, en esa máquina incómoda y en absoluto apropiada para el amor, que debía cumplir la función de endurecer el cuerpo de su mujer, un cuerpo que yo desafiaba y derogaba con el mío sin contemplaciones.

Por la noche, mientras F salteaba unos gruesos trozos de atún, yo, sentada a la mesa de la cocina donde habían crecido sus hijas, bebía una copa de vino blanco. Todo me resultaba tan irreal que tenía la impresión de estar dentro de una comedia. Cuando se lo comenté, detuvo su labor y de un tirón me sacó la camiseta.

—Entonces que sea una pícara —me dijo sonriendo.

Cenamos en la terraza a la luz de unas velas rojas que encendían nuestros rostros. El viento de la tarde se había llevado la bruma dejando un cielo despejado. La Cruz del Sur y Las Tres Marías resplandecían en medio de estrellas más pequeñas. Era el cielo del hemisferio sur y yo nunca lo había observado. Después de cenar, lavé la vajilla y él limpió los mesones. Había tras las cámaras de nuestra comedia una naturalidad y una placidez que compartíamos con sonrisas, caricias y abrazos. F había estado en lo cierto. Necesitábamos pasar algunos días en un lugar que no fuera el cuarto impersonal y constreñido de un hotel, necesitábamos encontrarnos en una cotidianeidad que, por ficticia que fuera, nos diera una medida más real del otro.

Antes de acostarnos, me anunció que me tenía un regalo. Estaba oculto en el cuarto donde había instalado mi computadora.

—Búscalo, yo te ayudo.

Y así, con el juego del frío/tibio/caliente, me guio hasta encontrarlo. Estaba enterrado en un macetero que albergaba un ficus muy verde, casi sobrenatural. Era una pulsera de oro con las iniciales de mi nombre grabadas en su interior.

—No me la voy a sacar nunca más —le prometí.

—¿En serio?

—En serio.

Luego vino la cama matrimonial. La enorme cama de un blanco inmaculado, virginal, esplendorosa como un crucero, donde F me hizo el amor.

Tan solo una vez F me había hablado con cierto detalle de su mujer. Fue mientras nos vestíamos para una gala. Lo que me dijo entonces fue que el sexo con ella era tan aséptico y encantador como visitar Disneylandia. Ambos reímos y seguimos riéndonos por mucho rato, incluso en medio de la cena, cuando nuestras miradas se topaban. Ahí estaba por fin. En el reino de Disneylandia, y lo único que ansiaba era deshonrar cada uno de esos decorados con mi cuerpo, mis fluidos, mis olores. Los suyos y los míos, fundidos en el acto impúdico de amarnos en la cama matrimonial.

¿Qué sentía él? ¿De dónde surgía su capacidad de superponer dos mundos con tal descaro? Y yo, ¿por qué experimentaba ese placer, un placer violento, cuando enterraba mis huellas en una vida que le pertenecía a otra mujer? No voy a justificarme. El sitio que ocupan los amantes es siempre el de un ladrón, y no es un lugar del cual, supongo, nadie se sienta orgulloso. Había en mí un instinto que no atendía a la conciencia, una suerte de «te mato o me matas», «respiro o muero». Tan solo veía que el dolor antiguo que existía en el fondo de mí como la borra había sido desplazado por una pulsión que no se detenía ante nada, ni siquiera ante el dolor ajeno, una avidez compulsiva por poseer a F. Tal vez lo veía como una forma de vengarme de la vida por la crueldad que esta había tenido conmigo cuando se llevó a Noah. Aunque en el camino me hubiera vuelto una bestia.

*

Mientras F dormía y los primeros rayos de sol despuntaban desde el fondo de los cerros, recorrí la casa como una delincuente. Quería llenar mis malvadas pupilas de imágenes robadas. El aire de la sala era fresco, la luz se colaba por las ventanas. Todo parecía oscilar, como si segundos antes de que yo entrara, los muebles, los cuadros y todo lo que estaba contenido en ese espacio hubieran compartido un secreto. Aun así, el ambiente calzaba bien con la idea que me había hecho cuando vi el artículo en el periódico. Formal, armónico en su falta de osadía. Cortinas estampadas, libros de arte sobre la mesa de centro, alfombras persas, buenos cuadros, floreros con astromelias. Todo perfectamente pulcro. Pero estaban los detalles. Y eran esos los que buscaba. Un dragón inflable flotando en la piscina, pantuflas de piel a un costado del sofá en la sala de la televisión, una nota con la palabra «NO» pegada en la puerta del refrigerador. Me senté a la mesa de la cocina y me quedé mirando esa palabra de dos caracteres. Imaginé a su mujer escribiéndola. «NO me dejes, NO me ignores, NO te vayas, NO te tires a otras mujeres». Su mujer tenía la cotidianidad de F y yo su pasión. Recordé el poema de un amigo, James Longenbach, donde un cocodrilo adulto, echado en su rincón bajo el agua, rememora las palabras de sus padres cuando de pequeño le regalaron un cocodrilito de peluche: «No pienses esto como algo extraño; la mayoría de los humanos tienen muñecos que se asemejan a ellos».

Después del desayuno le propuse que nadáramos en la piscina. Pronto estábamos dentro del agua, el mar más abajo con su sonido incesante, los destellos del sol, nuestros cuerpos entrelazados.

—Te tengo una sorpresa, pero necesito que salgas de la piscina —me dijo.

—¿Qué? ¿Qué?

Me senté en el borde con los pies en el agua. F se dio un impulso y nadó hacia el otro extremo con soltura y destreza. Aplaudí entusiasmada.

—¿Cómo lo hiciste?

—Llevo meses tomando clases.

—Eres increíble, F, siempre logras lo que quieres.

—Tú también, tú también lo puedes todo.

—¿De verdad lo crees?

—Absolutamente.

Me gustaba que me devolviera la imagen de una mujer arrojada, valiente, capaz. Me gustaba lo que él veía.

Esa noche le pedí que me atara con la corbata de caballitos a los barrotes de su cama matrimonial —una cabecera antigua de fierro forjado—, que me cubriera los ojos y que me follara.

Se lo dije así: Fóllame.

*

Por la tarde del día siguiente, estaba a punto de sentarme frente a mi computadora cuando oí la voz de una mujer en la cocina. Al instante F entró al cuarto y con una expresión de dureza me ordenó que no saliera hasta que la mujer hubiese partido. Los oí subir las escaleras, la voz de la mujer retumbando en mis oídos como una sirena de guerra. Hablaba de las colchas que se habían desteñido con el detergente que la señora le había traído, de la cafetera de vidrio que la señorita y sus amigos habían quebrado el fin de semana anterior, del perro del vecino, Colilla, que había destruido las rosas de la señora. A través de la ventana del cuarto divisaba el jardín y luego el mar. Una tristeza ominosa se dejó caer sobre mí. Tristeza de haber pensado por un instante que yo formaría parte de ese mundo. Tristeza por la crueldad que me había resultado tan cómoda, tan natural, y que ahora me dolía. Quise volver a mi reducto, a mi escritorio, a Elisa, mi niña, mi vida. No me imaginé sobreviviendo ahí los cuatro días que restaban. Podía escabullirme por la ventana y salir a las calles desiertas del balneario, podía caminar hasta la ruta principal y pedirle a alguien que me llevara a la carretera, y así llegar al aeropuerto.

Tenía mi celular, mi tarjeta de crédito y mi pasaporte. Era todo lo que necesitaba. Podía tomar el primer vuelo a Londres, aunque quedara endeudada para el resto del año, subirme al avión, echar el asiento hacia atrás y dejar que el piloto me llevara lejos del país al que nunca debí volver. Podía llegar de madrugada a Heathrow, tomar el Underground y bajarme en South Hill Park cuando las rezagadas gotas de lluvia nocturna dejaran sus últimas trazas. Los vagabundos, que todavía estarían merodeando la estación, me saludarían con su rendición de borrachos, yo caminaría hasta la casa de Maggie, entraría silenciosa y me metería en la cama dulce y tibia de Elisa. Sumida en mis pensamientos apenas oí a F que tocaba a mi puerta.

—Era Carmen, la mujer que cuida la casa. Hablé con ella el fin de semana y le dije expresamente que no viniera. Disculpa, cariño.

Tomó mi mano y la acarició.

Permanecí tensa, la mirada fija en mi computadora. No había tenido la fuerza para huir, pero ahora tampoco la tenía para continuar. F sostuvo mi mano mientras yo, cabizbaja, intentaba encontrar algo que decir, que hacer, que pensar. En ese instante sonó su celular.

—Es mi hija.

Su expresión cambió de forma abrupta otra vez. Ahora, del remordimiento a una alegre liviandad. Sin volver la vista hacia mí, salió del cuarto y continuó hablando en el pasillo.

Por los retazos de conversación que alcanzaba a oír, entendí que su hija mayor se había enterado recién de que el bebé que esperaba era un niño y que en la ecografía todo se veía bien. F pidió detalles. Se daba vueltas por el pasillo con el teléfono en la mano, desplegando una alegría que pocas veces le había visto. Apenas cortó, salió al jardín y llamó a alguien. Desde la ventana, veía sus gestos entusiasmados y oía su voz, mientras él aventuraba nombres y reía. El miércoles podemos hacer una cena en casa para celebrar con toda la familia, sí, ya sé, vamos a ser abuelos por segunda vez, ¡y de un niño!, es increíble, ¿verdad? No, no, tú no te preocupes, contratamos a un banquetero, el de la comida de Miguel y la Sole era excelente. Un tal Smith, sí, sí, ese, a ti te encantaron sus postres, ya te dije, no te preocupes.

Salí a la calle sin hacer ruido. ¿Qué hacía a miles de kilómetros de mi hogar siguiendo a un hombre que me había aislado en su casa de playa, que me había ocultado en los márgenes de su vida mientras él continuaba con la suya como si yo fuera un mueble más de ese primoroso refugio que había construido con su mujer? No había lógica que justificara nuestro comportamiento. Caíamos juntos en un espiral de demencia del cual yo tenía que escapar. Caminé. Era una calle larga y zigzagueante que subía y descendía suavemente. Más allá de las coníferas y de las grandes casonas, se divisaba el mar. Me pregunté cómo me las arreglaría para dejar de quererlo. Porque de eso se trataba. De matar lo que sentía por F. El desamor es la única arma que tiene el enamorado. Caminé hasta la playa y me senté en una banqueta frente al mar. Unos chicos jugaban a la pelota en la arena. En el fondo se ponía el sol, sin luces, sin colores. Gris como un animal entumecido. Estaba el ruido del mar. Podía hablarle a ese ruido. Era parte de mí, tanto lo había oído. Pero este mar era diferente. Era como si hablara otra lengua, la lengua de F, que yo no entendía. Se levantó una brisa helada. Me abrigué con los brazos y permanecí sentada hasta que el frío me obligó a moverme. En el camino de vuelta terminó de oscurecerse.

F me aguardaba en la casa con una expresión descompuesta.

—Salí a buscarte. Te busqué por todas partes. ¿Dónde estabas? —Me abrazó—. Por favor, te lo ruego, no vuelvas a desaparecer así.

—No es tu culpa, nunca debí haber venido.

—No digas eso.

—Estoy cansada.

Me acompañó a la cama y me arropó. Se quedó conmigo hasta que me dormí.

Soñé que volaba en un globo de gas. Desde la distancia distinguía una gigantesca rueda de madera que giraba al borde de un río. Mientras mi globo se acercaba, me daba cuenta de que era un niño quien la hacía andar. Estaba de pie, en el mismo centro de la rueda, y su trabajo consistía en pedalear para propulsar su movimiento. Solo cuando el globo se aproximó lo suficiente reconocí a Noah. Vi sus ojos ausentes y grité, Noah, Noah, Noah.

—S, cariño... —oí que me decía F mientras me abrazaba—. Llamabas a Noah.

—Lo sé.

Las luces que iluminaban el jardín entraban a través de los intersticios de las cortinas echadas y se asentaban en el suelo de madera.

—No es justo que pases por esto. Tenemos que hacer algo —dijo sin soltarme.

Estuve de acuerdo. Habíamos llegado a un punto en que o dejábamos todo, o algo cambiaba.

Esa noche conversamos hasta el amanecer.

*

Los días siguientes cocinamos juntos, nadamos, nos miramos a los ojos mientras planificábamos nuestra nueva vida. No bajamos a la playa, hubiera sido un riesgo para F. Queríamos saber todos los detalles de la cotidianeidad del otro que no habíamos podido conocer en nuestra precaria vida compartida en hoteles. ¿Cuántos libros tienes en el velador? ¿Hablas solo? ¿Qué es lo que más te puede llegar a molestar? ¿Tomas el café molido o tienes un molinillo? ¿Recibes el diario en papel todos los días? ¿Te sientas a leer en la sala o en tu cuarto? ¿Qué vida quieres llevar conmigo? Ambos intentábamos darle cuerpo a lo que hasta entonces había carecido de nombre y de forma. Imaginamos escenarios. En Santiago tendríamos un departamento, también arrendaríamos uno en Londres para los tres. Él iría paulatinamente bajando su nivel de trabajo y así podríamos pasar más tiempo juntos, rodeados de libros como a ambos nos gustaba, porque ahora que él había terminado su primera novela y estaba pronta a salir publicada, quería seguir escribiendo. Me confesó que su vida como abogado comenzaba a hastiarle y que no le importaba dejarla para dedicarse a escribir. Iríamos de vacaciones con Elisa. F ansiaba conocer más a Elisa, a quien, desde esa primera vez en Londres, no había vuelto a ver. Siempre le enviaba regalos de nuestros viajes juntos, pero yo no había querido que su relación se estrechara por miedo a que Elisa le tomara un afecto que él no habría podido corresponderle.

Tomábamos desayuno en la cocina cuando me dijo que estaba cansado de la doble vida que había llevado por años. Ahora se iniciaba otra etapa. Pronto llegaría el día en que, ambos leyendo bajo la luz ambarina de una lámpara, rodeados de libros, nos miraríamos y sabríamos que ese era el lugar donde queríamos quedarnos para siempre. Eso me dijo. Y yo le creí.

*

Cuando el avión se aprontaba a despegar, tuve un ataque de pánico. No estaba acostumbrada a experimentar esas cotas de incertidumbre y de esperanza. Por eso me hice escritora, para poder trasladar mi imaginación a la vida de otros y no caer en la trampa de ansiar para mí una existencia apasionante y peligrosa que sería incapaz de resistir. Ahora todo dependía de nuestro temple y del ímpetu que pusiéramos en llevar nuestro plan a puerto. Repasé los preciosos momentos que habíamos pasado juntos en su casa frente al mar. Pero dejé fuera el dolor, dejé fuera a F entrando en mi cuarto y ordenándome que no saliera, la voz de la mujer, la caminata sin rumbo por el balneario, el frío. Sobre todo, dejé fuera esos cambios intempestivos de su personalidad que me hacían pensar que dentro de F habitaban seres intercambiables. Era más fácil seguir viviendo sin ver. Me tomé un somnífero y me dormí con la esperanza de que el futuro siguiera ahí cuando despertara.

Aniversario

Como cada año, el día del aniversario de la muerte de Noah, Maggie organizó un encuentro frente a la laguna de Hampstead. Estábamos Elisa, mi madre en su silla de ruedas, nuestros vecinos con su hijo Anthony, y yo, formando un círculo en torno a Christopher, quien leía *Los cisnes salvajes de Coole*. Él mismo lo escogió el primer año y desde entonces decidimos hacerlo nuestra voz.

> *Pero ahora vagan sobre el agua inmóvil,*
> *misteriosos, bellos;*
> *¿en qué cañaveral harán su nido?,*
> *¿al borde de qué lago, de qué charca*
> *deleitarán los ojos de los hombres*
> *cuando yo despierte un día*
> *y descubra que han volado?*

Así comienza el primer cuento de *Los tiempos del agua*. Con el poema de Yeats. Noah, como los cisnes salvajes, vaga misterioso, bello, congelado en el tiempo de su niñez temprana.

Los primeros aniversarios, cuando nuestros vecinos de ese entonces aparecían con Anthony —el chico que jugaba esa tarde junto a Noah y que siguió creciendo para volverse un niño alto y seguro de sí mismo—, no podía despegar los ojos de él, imaginando que si Noah hubiera vivido tal vez hubiese sido así, fuerte, competitivo, o tal vez no, tal vez habría seguido el camino de su padre, llevaría gafas y sería taciturno y reflexivo. Pero mientras lo miraba, también surgía el deseo de que hubiera sido él y no Noah quien hubiese muerto. En su amistad con Noah, a los seis años, Anthony era ya un niño aventurero, mientras que Noah estaba siempre acosado por temores. Debió ser él quien corriera a la laguna seducido por los gritos de los chicos con sus barquitos. Pero ya no. Ya no eran esos mis sentimientos. Por el contrario, cada vez que nos reuníamos bajo la sombra de un gran roble frente a la laguna, Anthony se arrimaba a mí, silencioso, y yo lo acogía amorosamente. Parecía saber que hasta el resto de sus días él sería para mí lo que quedaba de Noah. Y se lo agradecía. Esa tarde no fue diferente. Anthony, que ya tenía once años, me trajo un ejemplar de *Los tiempos del agua* para que se lo firmara.

Después de la lectura, tomamos café caliente de un termo y comimos galletas. Mamá estaba en un buen día. Con su larga trenza echada sobre un hombro semejaba una hechicera. Sonreía y miraba sin entender, intuyendo acaso que su presencia significaba mucho para todos nosotros. Era como si el tiempo hubiera hecho un socavón en su constante andar para que cada uno de los integrantes de nuestro grupo pudiera volver a reconocerse en los ojos del otro.

Ya nos despedíamos cuando vimos aparecer por uno de los caminos de grava a la novia de Christopher. Traía un volantín con forma de dragón.

—¡Rebecca! —gritó Elisa y salió corriendo a su encuentro.

Había estado en una oportunidad con ella, cuando habían ido juntos a buscar a Elisa a casa. Por la forma en que Christopher me la había presentado, yo entendí que se trataba de una relación más seria que las anteriores. A algunas de sus novias ni siquiera las habíamos alcanzado a conocer.

—¡Sásaaaa! —gritó Rebecca a su vez y apuró el paso hacia ella.

Me incomodó que la llamara por el nombre que Noah le había dado. Solo Christopher y yo la apodábamos así. Cuando se alcanzaron, Elisa la tomó de la mano y juntas se acercaron a nosotros. Era propio de Elisa entablar relaciones con los adultos, como lo había hecho la única vez que había estado con F, pero, aun así, una parte de mí resentía el afecto que les otorgaba a las novias de Christopher. Sin embargo, esta vez pensé que, si esa relación prosperaba, sería más fácil para Christopher acoger a Elisa en su casa cuando nuestros planes con F se cristalizaran. Christopher y Rebecca invitaron también a Anthony a elevar el volantín a la cima de Parliament Hill, donde se alcanzaban a ver los volantines de colores emprendiendo el vuelo. Maggie y yo, empujando la silla de mamá, echamos a andar hacia Kenwood House, que había sido reabierta después de una temporada en refacción.

—¿Y? ¿Cómo van las cosas con F? —me preguntó Maggie cogida de mi brazo cuando alcanzábamos el gran árbol hueco. Elisa, de más pequeña, pasaba horas dentro de su cavidad. Aparecía con el pelo enmarañado y las manos llenas de tierra, como si llegara de un viaje al fondo del planeta.

—Bien —respondí con vaguedad.

Hacía tiempo que Maggie se había vuelto una ferviente detractora del amor romántico. Sus experiencias no habían sido catastróficas, pero tampoco buenas. Según ella, no estaba hecha para los juegos vanos de la seducción.

—¿Se han puesto plazos para llevar a cabo su plan? —me preguntó.

—¿Plazos? —pregunté a mi vez.

—Sí, plazos.

—No.

—Bueno, es lo primero que tienen que definir. No te vas a quedar esperando el resto de tu vida a que él deje a su mujer. Ha ocurrido.

—Es cierto. Ha ocurrido. Pero no a nosotros —afirmé con convicción.

—Quiero una cerveza —nos interrumpió mamá desde su silla.

—Tiene usted razón, señora, son las doce en punto, hora perfecta para una cerveza —dijo Maggie, y ambas dimos el tema por terminado.

No hubiera podido decirle que ya habían pasado seis meses desde nuestro acuerdo en el balneario, nos habíamos encontrado en tres ciudades y él aún no había avanzado ni un centímetro en la dirección que nos habíamos propuesto. Ni siquiera había hablado con su mujer.

Los argumentos de F sonaban razonables. Debíamos ser cautelosos para no herir a nadie. Todo dependía de nuestra habilidad para no dejar detalles al azar. Necesitábamos tiempo, argumentaba. Tiempo para preparar el camino, tiempo para decantar nuestros deseos, tiempo para que la vida se ajustara a las nuevas circunstancias, tiempo para saborear el futuro como futuro. Tiempo, tiempo, tiempo, palabra que empezó a resonar en mi conciencia como un rezo, como un mantra, como el son de una marcha fúnebre.

Yo conocía bien el trabajo del tiempo. Volvía natural lo que no debía serlo. Como que un niño se ahogara en una laguna. Pero, aun así, aun sabiendo eso, seguía esperando. Todas mis aprehensiones se retiraban ante la fuerza y la ceguera de la esperanza.

Ciudad doce

F y yo nos encontramos en el hotel que mi editorial en ese país había reservado para nosotros. Un edificio clásico decorado con una mezcla ecléctica de tradición y frivolidad. El cuarto tenía un gran espejo sobre la cama y una colcha colorida de círculos concéntricos que hacía alusión a los cuadros de Sonia Delaunay. *Los tiempos del agua* había ganado un premio en ese país y la editorial había organizado una celebración que se llevaría a cabo esa misma tarde en un centro cultural.

En la velada, como en todas las de su género, no faltó el novato ansioso por conocer a un representante de la cúspide del mundo literario, de quien a lo más recibió una palabra indulgente; tampoco los insidiosos que se dedicaron a reunir información para más tarde despellejar al resto con su grupo de elegidos; ni los fracasados solemnes que salieron de sus mausoleos a mirar todo con una expresión de repugnancia;

tampoco los hombres y mujeres solos que buscaban a alguien con quien volverse a casa.

Debiera tal vez empezar por contar la forma en que F intentó, y en cierta medida logró, guiar cada uno de mis movimientos. Fue él quien eligió mi atuendo. Un fino vestido que él mismo me había traído, gris, de mangas tres cuartos, amplio, que me hacía ver varios años mayor, pero que me daba, según su parecer, la apariencia recatada, elegante y férrea que debía tener. Después, mucho después, cuando lo nuestro había terminado, me pregunté por qué había cedido a ese afán suyo de domesticar mi apariencia. Pero entonces lo único que me preocupaba era que saliéramos airosos de una situación que debía ser compleja para él. Era la primera vez que estábamos juntos en un evento social, fuera del cóctel de la embajada y la cena en nuestra casa, pero de eso hacía mucho tiempo y en ese entonces significábamos nada el uno para el otro.

Una vez en el salón donde se llevaría a cabo la premiación, F se plantó a mi lado y, como si fuera la voz de mi conciencia, me recomendó a quién debía saludar primero y a quién debía ignorar. Bajo su sonrisa afable y sus ademanes de hombre de mundo, percibí que se escondía cierta incomodidad, cierta impaciencia, como si le resultara difícil hallar un lugar si no era el del rol protagónico. En un momento, cuando la velada comenzaba a menguar y F me decía que había llegado la hora de irnos, Maggie nos cogió del brazo y nos llevó a la terraza que se abría al fastuoso jardín. Se habían reunido allí unos cuantos invitados que no mostraban interés alguno por irse y que estuvieron encantados de vernos aparecer. Alguien encendió un pito y yo no dudé en aceptar. Había sido una velada bellísima, pero que no había carecido de una alta cuota de tensión, y ahora, cuando ya había cumplido con todos los protocolos imaginables, me sentía con el derecho a relajarme. Entre ellos había un crítico que escribía una reseña sobre la novela que saldría en una de las revistas literarias más importantes de Europa. Llevaba el pelo enmarañado y sus ojos —pequeños y enrojecidos tras unas gafas de carey— se me antojaron dos animalillos que vivían en la oscuridad. Tumbado con su amplia envergadura anglosajona en uno de los sillones, desprendía un aire extravagante y algo grotesco. A los pocos minutos había monopolizado la conversación, cuyo sujeto central era yo. Tenía una voz precisa y neutra, que contrastaba con los círculos que contorneaba en el aire para enfatizar sus palabras. Me hacía preguntas, pero no aguardaba a que las respondiera, como si se esforzara por respetar la fórmula de un diálogo, pero no tuviera la paciencia para seguir la formalidad de oír la respuesta. Y aunque por ratos era difícil entender lo que decía, por lo enrevesado de sus argumentos, su atención me producía un goce sedante y a la vez artificioso, como un baño de espuma. Podía sentir la tensión creciente de F, sentado a mi lado con una copa de vino que no bebía. Pero no había nada que yo pudiera hacer. Un hombre elogiaba mi obra, me lisonjeaba, y yo solo quería gozar ese momento extraordinario que me pertenecía. Llegado un punto, F lo interrumpió. Acostumbrado a dar charlas para cientos de personas, sabía exactamente cómo llamar la atención de su público. Había que empezar con algo liviano.

—Disculpe que lo interrumpa —le dijo en su perfecto inglés—. Sus anteojos son magníficos. ¿No serán por casualidad obra de Sandrine Da Costa?

El crítico se detuvo de golpe. Se llevó la mano a los anteojos, se los sacó con parsimonia y se restregó los ojos.

—Pues sí. Justamente fue allí donde me los hice.

—A medida, como corresponde. Los míos también —dijo entonces F, sacándose sus anteojos—. Aunque el resultado no es tan notable como el de los suyos.

No tenía idea de qué estaban hablando y al parecer el resto de los comensales tampoco. Después me enteré —por el mismo F— de que Sandrine Da Costa es una óptica que fabrica anteojos con materiales nobles y que cada uno de ellos cuesta una fortuna. A continuación, F lanzó su artillería sobre el hombre. Para empezar, le dijo, yo nunca había vivido en Chile y mi mirada nada tenía que ver con proyectos históricos. La mía era una escritura que escudriñaba a través del rabillo de las puertas la vida íntima y secreta de mis personajes, y su valor no radicaba en las certezas, sino en el ahínco que ponía en explorar las dudas esenciales de la existencia. Su voz se inflaba como una vela. F estaba en lo cierto, yo nunca había aspirado a los gritos de guerra, ni a los dogmas ni a las verdades incuestionables. Pero lo que él no acababa de entender, o si lo entendía le importaba un comino, es que estaba a punto de transformar en detractor a quien hasta ese minuto había sido un ferviente adepto. En un intento vano por detenerlo, le pregunté si en lugar de vino prefería champaña, pero con un gesto de la mano me dijo que no, y continuó. Si le permitía agregar algo, tenía que decirle que, según su parecer, su lectura de *Los tiempos del agua* era errónea, porque el agua no representaba la figura de la madre como contenedora de todo y de todos, aquella era una forma simplista de interpretación, añeja incluso, porque a lo que yo aludía era a la carne, a la mente y al riesgo de perderse en cualquiera de ellas. «En cualquiera», puntualizó. Supe que el artículo en la revista literaria más importante de Europa se había ido al tacho de basura. Maggie, desde que F iniciara su diatriba, había mirado desde una distancia reflexiva, mutando desde la sorpresa hasta la franca risa, y sin duda tendría muchas cosas que decirme más tarde. Por mi parte, no sabía si largarme a reír o decirle que se fuera al infierno.

*

—No te soltaba, S, no dejaba de tocarte, era patético —me dijo cuando estuvimos de vuelta en el hotel.

—¿Qué?

—No me vengas con que no te diste cuenta.

—No, no me di cuenta.

Se sentó en el sillón y al segundo estaba otra vez de pie dando vueltas por el cuarto. Me até el pelo con una banda elástica y me senté en el borde de la cama, la espalda recta, anticipando un embate.

—Mientes. Eras perfectamente consciente. Tú misma lo avivabas.

—¿Yo? ¿Avivarlo?

—A que te tocara.

—F, estás loco. De verdad estás loco.

Hasta ese momento pensaba que, a pesar de lo desafortunada de su intervención, tenía un ingrediente de generosidad. Sus intenciones habían sido realzar el valor de mi obra, que, era cierto, el crítico, exento de toda sutileza, había reducido a un par de consignas.

—Estabas encantada, S, no lo niegues. Como ocurre siempre que un hombre se engancha contigo.

—¿Engancharse? Deliras. Y sí, estaba encantada, para qué voy a negártelo. Estaba encantada de que escribiera una reseña importante. ¿Te das cuenta de lo que hiciste? Seguro que en la editorial se pasaron meses buscando a alguien que estuviera dispuesto a escribir algo, y tú lo mandaste todo a la mierda.

—Que un tipo así escriba de tu obra no tiene ningún valor —dijo en un tono irónico, con esa superioridad intelectual que había visto en él y que nunca me había importunado. Hasta ese momento.

—Cuando te dan tres páginas en una de las revistas literarias más importantes de Europa, no te andas con remilgos. Las aceptas y agradeces al cielo.

—Tú no crees en el cielo.

No pude evitar sonreír. F tenía ese poder de desarmarme. Pero pronto la rabia volvió a su trinchera.

—No cambies de tema. Lo que hiciste no tiene nombre.

—Tú te mereces que te reseñe un literato de verdad, S. No un payaso como ese tipo.

—Lo que yo creo es que en ese ataque que le hiciste había un montón de otras cosas.

Es cierto que el crítico había tomado un par de veces mi mano como una forma de sellar entre nosotros el pacto de que él sería mi promotor en el habla francesa, y sí, es cierto que recibí su gesto con alegría. Pero F, en lugar de darle a esos intercambios el sentido que tenían, había visto en ellos la huella de la traición. No solo la sexual, sino una mucho más amplia, la de ser alguien para los demás. Él no podía aceptar que yo mantuviera con el mundo un intercambio cercano, porque mi intensidad, mi pasión, y por descontado mi sensualidad, le pertenecían.

—No quiero saberlas.

—Celos, para empezar.

—No tiene nada que ver con los celos. No paraba de tocarte, S, era grotesco. Los dos daban un poquito de vergüenza ajena, la verdad.

Soltó una risa sarcástica.

—Y envidia —continué. Una energía fiera me impulsaba a seguir.

—¿A ver? ¿Envidia? ¿Yo? ¿A ti? Eso suena interesante.

Desplegó una sonrisa que oscilaba entre la ironía, la incredulidad y el desprecio. Fue ese gesto el que me incitó a dar el último zarpazo. Era imposible que alguien lo acusara a él, que lo tenía todo —inteligencia, estatus, dinero, además de una atractiva masculinidad—, de albergar un sentimiento como la envidia.

—Sí. Envidia. Tú también vas a publicar una novela. Y...

—¿Y qué?

—Nada —me arrepentí de pronto.

—Ibas a decir algo, S.

—Prefiero no decirlo.

A pesar de no haber lanzado los dardos, el impacto fue fuerte. Lo vi en su expresión, que se contrajo. Debió presentir lo que le diría. Que su novela, a pesar del éxito que de seguro tendría en su país, no sería interesante más que para sus coterráneos, quienes la leerían con la curiosidad que genera la vida de los privilegiados.

—Es evidente que estás alterada —me dijo, al tiempo que se ponía la chaqueta que había dejado sobre una silla—. Es mejor que salga un rato para que te calmes. Si no, esto va a terminar mal —concluyó, mientras cerraba la puerta tras de sí sin darme tiempo a replicar.

Me quedé inmóvil mirando la puerta, el corazón latiéndome acelerado.

¿Por qué todo tenía que distorsionarse? Creía en lo que le había dicho, pero, aun así, ¿qué sentimientos albergaba yo para que surgiera tal crueldad? Tal vez resentía su seguridad, su fe inquebrantable en sí mismo, su modo impasible de recibir mis golpes, como si no lo tocaran. Era como enfrentarme a un portón cerrado y darme de bruces cada vez. Pero, sobre todo, era como si el verdadero F hubiese estado en otra parte. No tenía forma de saber entonces cuán certeros eran mis presentimientos.

F volvió a la madrugada. Se dio una ducha y luego se metió a la cama. Yo lo había aguardado en vela. Nos abrazamos en silencio y sin soltarnos nos quedamos dormidos.

*

Cuando nos encontramos por primera vez en Londres, yo salía al mundo tan solo por Elisa. De no ser por ella, habría optado por no existir. Esa era la mujer de quien F se había enamorado. Taciturna, herida, misteriosa y a la vez cándida, como él mismo lo había enunciado. Pero no la que ahora emergía. No la mujer capaz de bailar semidesnuda y hacerle el amor mientras él hablaba con su esposa. No la mujer exenta de pudor que había aprendido a satisfacerse a sí misma frente a él. No la mujer protagonista que era sujeto de alabanzas y festejos. Esa mujer le producía desazón, acaso miedo. Era paradójico, porque había sido él quien me sacara de mi ostracismo. Sin F, sin su constante aliento, no habría sido capaz de salir de la melancolía paralizante en la que me encontraba. Era con él, para él y por él que se había producido la metamorfosis. Según un antiguo comentario talmúdico, Dios fue el primero en probar la manzana del árbol, y fue precisamente ese bocado el que le otorgó la capacidad para crear el mundo. La serpiente le prohíbe a Eva comer de este fruto porque el Todopoderoso sabe que, de hacerlo, ella adquirirá su misma facultad. La manzana es la conciencia de las múltiples posibilidades del ser, y F cometió el error de compartirla conmigo.

Ciudad trece

—Salud —digo levantando mi copa de vino blanco.

Aquí estamos otra vez, sentados a la mesa de un restorán junto a una ventana que da a la calle. Una chica y un chico discuten en la barra. Ella lleva una diminuta falda gris y se refriega un tobillo con el taco de su sandalia. El chico le imputa algo. Ella niega con la cabeza y vuelve a montar nerviosa el taco en su tobillo.

F tiene una mirada severa, escrutadora, y en el aire hay un aliento inquietante. A menudo tengo la impresión de que está enfadado o dolido o preocupado por algo, y nunca sé si guarda relación con nosotros o con algún otro asunto que de todas formas no compartirá conmigo. De pronto siento que la felicidad ya no está en nuestros encuentros, sino en los intervalos, en la anticipación.

Ordenamos la cena. Cada vez que la puerta batiente de la cocina se abre, deja escapar el ruido de ollas, voces estridentes, como un tajo por donde se desliza la realidad. F le da un par de vueltas a la servilleta y, con el mentón apoyado en su palma, fija la mirada sobre mí. Tomo una mano suya a lo largo de la mesa. Noto su tensión.

—F, ¿estás bien?

—Claro, ¿por qué me preguntas eso?

Retira la mano y se acomoda los anteojos.

—No sé. Estás raro.

Vuelve a encerrarse tras esa cáscara que lo vuelve impenetrable, un silencio ausente y a la vez cargado de inquietud. Se aleja, salta el muro hacia el otro lado, hacia su verdadera vida quizás.

Un bebé en el fondo del comedor profiere un grito como si alguien le hubiera enterrado una ganzúa. Todos se voltean. Al cabo de unos minutos se calla.

—F...

—¿Qué?

—Dime algo.

—¿Qué?

—Lo que sea.

Él eleva una ceja.

—¿Te gusta este lugar?

—Sí, claro.

El tipo en la barra emite un gruñido, la chica de la minifalda se levanta y se va.

—¿Es aquí donde te trajo esa noche el editorcillo?

Su voz es fría, exenta de emoción.

Era eso. Ahora todo encaja. La atención de él sobre mis gestos buscando algún indicio, alguna inquietud oculta que este lugar pudiese desatar en mí.

—No. No es aquí. Aquí estuve con Christopher.

Es la verdad. Con el editorcillo —como él le llama— no fui a ningún sitio, solo a dar una vuelta en su moto. Pero ya no puedo recular. Ya no puedo decirle que le he mentido todo este tiempo para estar a su altura, para aparecer ante sus ojos tan experimentada como él, para alimentar su imaginación y exacerbar su deseo por mí. Ya no puedo decírselo. Es muy tarde. Y ahora tendré que soportar las embestidas destructoras de sus celos.

—¿Para qué mientes, S? En serio. No lo entiendo. Aquí estuviste con el editorcillo y después se fueron a su departamento y tiraron frente a la ventana para que su vecino los viera. Porque además de editor mediocre es un degenerado. Tú misma me lo dijiste. No sacas nada con negarlo ahora. Nada.

Me impresionan los detalles que inventé para él y que ya había olvidado. Estoy colgada peligrosamente de mi propia red, como una araña que, desafiando la gravedad, pende de un hilo que no resistirá su peso. Tomo un sorbo de vino. Sabor a uva dulzona y a podredumbre.

Por la noche, me arrima a la ventana del cuarto del hotel. Las cortinas están abiertas de par en par, la luz encendida. No hay gestos de ternura. Toma mis hombros para optimizar la eficiencia de sus arremetidas y se va dentro de mí.

*

Intento quedarme dormida mientras F da vueltas por el cuarto, hurga en su maleta, en los cajones, abre su computadora, se sienta a leer y enseguida se levanta otra vez. En la escasa luz que entra del exterior, alcanzo a ver sus rasgos tensos, cansados. Al alba, cae rendido en la cama y se hunde entre las sábanas sin tocarme.

Cuando despierto, F, con la cabeza apoyada en una mano, me mira.

—Perdona, S. Nunca me había ocurrido algo así.

Me estrecha en sus brazos. Percibo sus músculos, sus huesos, su cuerpo. Añoraba ese abrazo dolorosamente.

—A veces me das miedo.

—Yo también a veces me doy miedo —dice él.

—Estoy segura de que cuando vivamos juntos todo esto va a desaparecer. Es la distancia y tu doble vida la que nos envenena.

—Puede ser.

—Estoy segura.

Quisiera insistir, preguntarle por enésima vez si habló con su mujer, pero no es el momento. Entonces le pregunto:

—¿Nunca sentiste celos con tu mujer?

—Jamás.

—Tal vez nunca te enamoraste de ella de verdad.

—Es posible.

Recuesta la cabeza en la almohada y cierra los ojos. Tiene los párpados hinchados. Todo en él emana cansancio.

—F, háblame.

Cierra los ojos. Ha vuelto a la profundidad de sí mismo, donde no hay espacio para mí. Siento el impulso de levantarme y salir a la calle. Respirar. Despercudirme de esta opresión en el pecho. ¿Qué busca empujando los límites hasta romperme? ¿Necesitan sus sentimientos transitar en las zonas más oscuras para reavivarse? Lo irónico es que, mientras me hago estas preguntas, lo que prima no es la rabia o la frustración, sino el miedo a perderlo. Miedo a no ser capaz de enfrentar de vuelta los días sola, sin su aliento, sin su constante atención, sin incluso esta guerra que llevamos juntos día a día y que me aferra de forma perversa a la vida. Miedo a que todo se acabe antes de tiempo sin haber tenido la ocasión de querernos en la cotidianidad. Pienso en Elisa, mi niña. ¿Por qué ya no me basta? Me siento culpable de ansiar tanto. Recuerdo los comentarios talmúdicos y el mandato de Dios. No se suponía que Eva pensara en sí misma. No se suponía que echara de menos el cuerpo de un hombre como yo echo de menos el de F cuando no está a mi lado.

Condena perpetua

A mediados de ese año salió la novela de F, *Condena perpetua*. Las últimas semanas antes de que el manuscrito se fuera a imprenta, lo revisé hasta que no encontré ni un solo error. Él insistió que no era necesario, que en Chile había excelentes editores, pero yo quería que esa primera obra suya no tuviera ningún traspié que los malintencionados pudieran usar para destruirla.

La editorial organizó un lanzamiento en uno de los restoranes más en boga de Santiago. Hablamos hasta el último momento antes de que él tuviera que partir. Ya vestido para el evento, me hablaba encerrado en el baño mientras su mujer lo aguardaba al otro lado de la puerta. La mayoría de nuestras conversaciones se daban cuando él estaba en su oficina o en su automóvil. Si me llamaba desde su casa, lo hacía cuando su mujer no estaba. Ese día a ambos nos asaltó una calentura irresistible. Estábamos acostumbrados a tocarnos silenciosamente, y así lo hicimos, aunque al final ambos nos largamos a reír. Alcancé a oír la voz de su mujer que le preguntaba algo desde el cuarto, mientras él me mandaba un beso y me decía que me amaba y yo le deseaba toda la suerte del mundo.

Fue tan solo cuando corté —y me vi sola en mi altillo— que el patetismo se dejó caer sobre mí como un gigantesco trozo de hielo. Maggie pasaba el verano en el sur de Francia, Elisa había partido con Christopher y Rebecca a la casa de campo de sus abuelos y yo tenía sexo con un hombre a la distancia, mientras al otro lado de la puerta su mujer lo aguardaba para asistir juntos a uno de los momentos más significativos de su vida. Yo no era más que un ser desesperado. No más que eso. Pero a F, ¿qué lo movía? Esa era la pregunta que surgía una y otra vez y que yo hundía bajo el agua como lo hubiera hecho una asesina, empujando la cabeza de su enemigo una y otra vez hasta ahogarlo.

Me senté en el borde de la cama y añoré que alguien viniera a rescatarme. Eran las cuatro de la tarde y los pubs no abrían hasta las cinco. Hubiera dado cualquier cosa por caer embriagada y no despertarme hasta que todo hubiese pasado: el lanzamiento de F, el verano, la vida.

Había pasado más de un año desde el acuerdo que tomáramos en el balneario. Y una y otra vez F posponía el plazo que se había dado para dejar a su mujer. En ocasiones, incluso me proponía que siguiéramos como estábamos. «Lo nuestro es perfecto», me decía, «sin hacer daño a nadie y amándonos intensamente». «¿Para qué? Tú eres y seguirás siendo el amor de mi vida», me decía. Y yo le respondía que si no quería hacerlo, no lo hiciera, pero que me soltara. Que me soltara ya, que no me oprimiera la garganta con su soga. No podía seguir siendo la «otra» —le decía—, la que permanece oculta en los cuartos de hotel, en un mundo estacionado en el tiempo que solo existe en la imaginación de ambos, como en *La invención de Morel*, novela que él mismo me había dado a leer. Morel, enamorado de Faustine, la invita junto a un grupo de amigos a una isla. Una vez ahí, graba cada instante de la estadía con una cámara que registra —en una perfecta holografía— hasta los más sutiles detalles de la realidad. Es así como esos días del grupo en la isla quedan registrados para el resto de los tiempos. Está la dimensión fantástica de la historia, pero también está la utopía del amor. El amor de Morel por Faustine. Escindido de las imposiciones de la realidad y del tiempo, este permanece incólume a la descomposición, al desamor, a la traición y a la muerte. ¿Era esa la dimensión que F buscaba? ¿Un espejismo que él podía atravesar cuando quisiera mientras yo permanecía atrapada en lo ilusorio? Todo esto le expresaba a F cuando por el teléfono le pedía que me soltara, y él, sopesando la seriedad de mis palabras, volvía a prometerme que hablaría con su mujer y que la dejaría. Mientras aguardaba, yo intentaba continuar con mi vida, pero fallaba en el intento. Todo estaba detenido en ese futuro incierto.

No podía seguir haciéndome esto a mí misma. ¿Por qué me había costado tanto verlo? Él jamás dejaría a su mujer. Jamás. Le escribí un correo. Debíamos terminar, le dije. Aún teníamos la posibilidad de separarnos y recordarnos con amor, de rememorar en el futuro nuestra historia sin haberla ensuciado del todo.

Después de enviarlo no sentí alivio ni saboreé ningún tipo de victoria. Por el contrario, había introducido una rata muerta dentro de mi correo y en su putrefacción pronto empezaría a oler hasta asfixiarme. Sabía que F estaba atento a su celular cada segundo del día, como yo al mío, porque en eso consistía lo nuestro, en estar siempre pendientes de la palabra del otro. Ya debía haber leído mi mensaje. Estaría en medio de su evento, rodeado de personalidades del mundo político y social de su país, de su mujer y de sus hijas. Imaginé a los hombres golpeteándole las espaldas, a las mujeres acercándosele con las caderas bamboleantes, a los jóvenes imberbes, vestidos como él, que desde cierta distancia lo miraban atentos como si en la persona de F se materializaran sus aspiraciones. Imaginé la tarde cayendo suave sobre su barrio, sobre la calle flanqueada de árboles, los cafés, las ventanas coloridas de las galerías, las tiendas de ropa cara, el quiosco de flores en la esquina que ya cerraba sus postigos, y más allá imaginé el río pardo y sucio que bajaba a la ciudad, esa otra ciudad —la que F y los suyos miraban a lo lejos— sumida en la rabia y la desesperanza. Imaginé a F mirando mi mensaje, estremeciéndose, sus facciones desmoronándose, y a su mujer preguntándole «¿qué pasa?».

Tenía que contestarme. Tenía que hacerlo. Esperé su respuesta mientras el silencio se hinchaba segundo a segundo. Había soltado la cuerda que me sostenía a la vida. Me llevé la mano al pecho. Mi patético ser aguardaba a que F dejara a toda esa gente que había venido a celebrarlo, se encerrara en el baño y me llamara. A medida que pasaban los minutos, mis expectativas se hacían más magras. Una mísera palabra, una sola, me hubiera bastado para respirar. Sentí el impulso de escribirle diciéndole que olvidara mi mensaje, que yo aguardaría a que estuviera preparado para el salto. Aunque le tomara la vida. Me hundía en la catástrofe del miedo. Necesitaba que él arrojara la cuerda a mi pozo para cogerla otra vez.

Pero no lo hice.

Tomé mi bolso y salí. Eran pasadas las cinco de la tarde y el pub de la esquina ya estaría abierto. Antes de cerrar la puerta hice algo más. Volví a entrar, saqué el celular de mi bolsillo y lo dejé en la mesita del recibidor. Tenía que dejar de verme a mí misma como un perro que aguarda ese gesto de su amo que le salvará el día. Afuera, después de una tarde estival, una delgada bruma flotaba sobre los techos de las casas.

*

Me senté en la barra y pedí un whisky doble. Al segundo trago mis músculos comenzaron a distenderse. Creo que incluso sonreí. No como una idiota, supongo, sino como alguien que se ha salvado de una catástrofe.

Entonces conocí a Jonathan, nuestro vecino. Leía un libro sentado frente a mí, al otro lado de la barra. Cuando nuestras miradas se cruzaron, me sonrió.

—Vivo al frente suyo —me dijo acercándose—. Soy el tipo del perro.

Lo había visto muchas veces salir temprano por las mañanas a trotar con su perro, un beagle rubio esplendoroso. Si yo hubiera tenido un perro así, también me habría presentado a mí misma como lo hacía él.

—Lindo perro —dije y tomé otro largo y reconstituyente sorbo de whisky.

—Es lo que me dicen siempre.

Se sentó a mi lado.

—Mi nombre es Jonathan —me extendió la mano. Noté que su expresión era sombría, como si hubiera tenido más vivencias fuertes de las que correspondían a su edad—. Ah, y mi perro se llama Zaror. Es por un libro de Amos Oz, *Un descanso verdadero*. Te lo recomiendo, si te gusta leer, el protagonista se llama Jonathan y su mejor amigo se llama Zaror.

—Ya veo —dije, y volvimos a reírnos—. Yo soy S, y sí, leí esa novela, es bellísima. La mejor de Oz, diría yo.

—Entonces, ¿lees? —me preguntó deslumbrado, como si le hubiera confesado que era astronauta.

—Sí, leo, y mucho, y necesito otro whisky —dije al tiempo que le pedía al barman que me rellenara el vaso.

Me contó que era de Israel y que hacía un postgrado en diseño industrial en el London College of Printing. La dueña de la casa donde vivía también era de Israel y arrendaba cuartos a un precio que los estudiantes podían pagar. Era una suerte de buena samaritana. Pero por ahora tan solo estaba él. La mujer había partido a Tel-Aviv hacía dos meses a ver a sus parientes y aún no volvía.

—Quizás le ocurrió algo —dijo—. No tengo forma de saberlo porque no usa correo electrónico. Mientras tanto, limpio la casa y trato de mantenerla lo mejor posible para cuando ella vuelva.

—¡Entonces te lo pasas limpiando! Esa casa es enorme.

—Más o menos —sonrió—. Me he vuelto un experto.

Había nacido y vivido en un kibutz y le costaba comprender los códigos con que se comunicaban los chicos de su edad en Londres. No había hecho amigos. Por fortuna era un gran lector y con las mil obligaciones de la casa y sus clases tenía suficiente.

Me preguntó por nosotras, «las tres mujeres misteriosas del frente», como nos llamó a Maggie, a Elisa y a mí. Cuando le conté, su rostro se iluminó. Haber estado viviendo frente a una editora de libros y a una escritora le parecía el evento más afortunado que le había tocado desde su llegada a Londres. Anotó mi nombre en su celular y también los de mis novelas. Al día siguiente iría al Waterstone de Hampstead a comprarlas. Me gustó su forma llana y honesta de expresarse. Pensé que a Maggie y a Elisa les encantaría conocerlo. Mientras conversábamos, algo más surgía en mi conciencia. ¿Era a esto que le temía F cuando me pedía los detalles de cada uno de mis pasos? Si era así, pues se habría llevado una sorpresa. Si F era incapaz de concebir que un hombre abordara a una mujer sin intenciones de llevársela a la cama, era porque él nunca había tenido esa experiencia. Su miedo era al fin y al cabo el reflejo de sí mismo. Estaba incapacitado para concebir que la vida podía tomar otra forma que la de la suya, y medía mis actos de acuerdo con sus parámetros. Por eso cubría mis hombros, por eso me miraba con reprobación si agitaba demasiado las manos, si acercaba el rostro más de lo que a él le parecía adecuado al rostro de un hombre, si reía con desparpajo. No era un supuesto afán de cautivar lo que veía en mí, sino su propia incapacidad de relacionarse con una mujer de otra forma que no fuera seduciéndola.

Pero esta era yo. Podía sentarme a la barra de un pub con un chico desconocido y reírme y embriagarme si quería. Cada paso que había dado, desde que decidí ser diferente a mi madre, había sido para ganarme esa libertad. Levanté mi vaso, que había casi vaciado por segunda vez, y brindé. Jonathan brindó conmigo.

—¿Quieres algo más? —me preguntó.

Hacía un rato había sonado la segunda campanada, faltaban diez minutos para que cerraran. Podíamos pedir nuestro último trago.

—No debería —dije sonriendo.

—Ni yo.

También él iba en su segundo whisky.

Pedimos dos más. No habíamos alcanzado a terminarlos cuando llegó la hora de partir. Los últimos comensales se despedían y ya apagaban las luces del local. Caminamos de vuelta a casa respirando el silencio gris de la noche. Una luna llena y brillante, todavía baja, derramaba su luz sobre las copas de los árboles, los techos y las chimeneas, los muros de ladrillo y los jardines, las escaleras solitarias y las ventanas apagadas.

De pronto recordé el mail que le había enviado a F y sentí como si alguien me golpeara en el vientre. No traía el celular y no tenía forma de saber si me había respondido. A pesar de todos mis esfuerzos de libertad, añoré que me hubiera enviado un mensaje rogándome que no lo dejara. Conciencia y pasión, al parecer, son dos caminos que van por raíles separados, porque ninguna de mis cavilaciones había mermado mi miedo a perderlo. El amor pasional contradice toda lógica. No constituye una de esas instancias en las cuales el tiempo y la experiencia generan un cúmulo de sabiduría que te permite actuar con cordura. No. En el amor pasional no hay conocimiento acumulativo, no hay prudencia. No es más que una barcaza sin brújula en cuyo interior los pasajeros se miran a los ojos añorando permanecer ahí para siempre, pero deseando al mismo tiempo que alguien o algo los rescate.

Cuando llegamos a casa de Maggie le dije a Jonathan que uno de esos días pasara a tomar desayuno con nosotras. Me preguntó si recordaba mi número de teléfono y yo, seria y firme, como si respondiera a un superior en una fila de soldados rasos, se lo dicté sin titubear. Él lo marcó.

—Aquí tienes mi número, cualquier cosa puedes llamarme.

Aguardó a que subiera las escaleras, a que abriera la puerta —lo que tuvo su grado de complicación porque no daba con la cerradura— y a que desaparecera en el interior oscuro de la casa.

Nada más entrar, me tropecé con una silla del rellano y me caí de bruces. Recién entonces me di cuenta de cuán borracha estaba. Tardé un buen rato en ponerme de pie. Cuando por fin lo logré, alcancé mi celular. Era el pariente chismoso a quien bastaba abrirle la boca para que soltara la verdad. Apoyada en el borde de la mesa, lo prendí. Estaba la llamada perdida de Jonathan. Pero de F no había nada. Subí las escaleras. Todo a mi alrededor oscilaba. Me arrastré hasta la cama y me dormí. Cuando los primeros rayos del sol despuntaron en mi ventana, me di una larga ducha caliente. Al salir, tenía una llamada perdida y un correo de F.

No. No voy a soltarte. Eres mi vida. ¿Encontrémonos la próxima semana en B? Hoy mismo puedo sacar los pasajes. Unos días para nosotros, sin congresos, sin reuniones, solo tú y yo, paseando y amándonos. Te echo de menos, S, y cada día sin ti se me hace más difícil.

Nuestro siguiente encuentro estaba proyectado para al menos un mes más adelante en una de las ciudades donde solía reunirse con otros juristas. Me sorprendió y emocionó que estuviera dispuesto a romper su rutina, a atravesar el Atlántico y a dejar todo de un día para otro por nosotros. Le respondí que sí, que sí, al tiempo que me preguntaba cuánto tiempo más resistiría sin perder la razón.

Ciudad catorce

Tal cual F me lo había prometido, en esa ciudad no hubo reuniones ni encuentros de trabajo, solo él y yo. Una mañana despejada me llevó a visitar una cúpula de gran altura desde donde se divisaban las huellas que había dejado la guerra, grandes zonas baldías, edificaciones destruidas que no habían sido remodeladas. Fue cuando una bandada de pájaros se abría frente a nuestros ojos que F mencionó un antiguo cuento chino que habla de unos pájaros que al salir de la espesura del bosque después de la lluvia, confunden el reflejo de las nubes en los charcos con el cielo y se precipitan sobre ellos encontrando la muerte.

Esa tarde me anunció que me tenía una sorpresa y me pidió que me pusiera el vestido que me había traído. Era un elegante y caro vestido que cubría mis hombros, como todos los que él me regalaba. En su castidad, no dejaba de tener un aire provocador, porque sin mostrar nada, insinuaba las escasas curvas de mi cuerpo. Alrededor de las siete, esa hora en que las calles parecen henchidas de promesas y propósitos para la noche, tomamos un taxi en las puertas del hotel. F se subió con dificultad, como siempre que se montaba en un automóvil, recordándome ese dolor constante en sus rodillas que el resto del tiempo tan bien sabía ocultar. Me sorprendió que le pidiera al taxista que nos llevara a un sector en los lindes de la ciudad. Un barrio bombardeado de extramuros. Sus grandes extensiones baldías, algunas ocultas tras tapias pintadas con grafitis, le daban un aire amenazador. El cielo estaba rígido y quieto como un cristal. F se encontraba particularmente excitado y durante el trayecto no dejó de mirarme con una expresión embelesada.

Nos bajamos en la entrada de un cine de barrio, un edificio de cemento gris, compacto y desangelado. En la calle había una luz parda, pesada como un abrigo. Frente a la fachada, unos jóvenes se pasaban un pito entre risas. Nos miraron con una extraña intensidad y por un segundo tuve la impresión de que nos cerraban el paso. F tomó mi mano y entramos. En la boletería, un viejo de ojos estropeados y azules nos vendió las entradas. Debimos ser los últimos porque tras nuestras espaldas vi que el viejo apagaba la luz de su minúsculo cubículo y salía.

—¿Me has hecho vestirme así para traerme a este antro? —le pregunté riendo.

—Ya verás —me dijo con una expresión misteriosa.

*

En el interior del cine, a pesar de los pocos espectadores que somos, el aire es macizo, como si hubiera permanecido mucho tiempo sin moverse. Se abren las cortinas como en los cines antiguos y, junto con los créditos, aparece un hombre corriendo en una calle oscura de luces azuladas. Se da con los muros, como si estuviera borracho o herido. En un callejón aún más oscuro se detiene. Está de espaldas, lleva una camiseta ceñida. Sus músculos bien trabajados, iluminados por un farol, se dejan ver en toda su magnificencia. Desde una ventana del segundo piso, una mujer de pelo oxigenado lo insta a subir. Cuando él entra en el cuarto, la mujer se echa a sus brazos. «No te será tan fácil», le dice ella, y él se desprende. Se oye un disparo. El tipo se vuelve.

Es en ese instante que lo veo. Es el actor que conocí en Leipzig. El de mi historia inventada.

—¿Qué es esto?

—¿No te gusta la película? —me dice al oído e introduce la mano entre mis piernas.

—Es espantosa —digo más fuerte. De la fila de atrás un tipo me hace callar.

—¿Esta es la que vieron juntos en su departamento? —clava un dedo en mi pubis sin despegar los ojos de la pantalla.

—Estás demente.

El tipo de atrás vuelve a hacerme callar, esta vez en un tono cabreado.

Me levanto y camino hacia la salida. Imagino que F me seguirá. En el vestíbulo desierto y casi en penumbras, un fino haz de luz se cuela por el techo. Las partículas de polvo se arremolinan en el aire y una banda de trompetas me alcanza desde la sala. Salgo a la calle. Respiro. Todo exhala vaho. Los chicos que vimos cuando entrábamos siguen frente a las puertas del cine. Les pido un cigarrillo. Me miran desconcertados. Uno de ellos, el más joven, me da uno y me lo enciende. Los últimos rayos fríos de la tarde brotan de una grieta que se abre entre las nubes oscuras.

—¿No te gustó la película? —me pregunta en un inglés con un fuerte acento.

—No. Es pésima.

—Es una mierda con mierda —dice otro—. Ríen, y yo río con ellos.

Ya no me parecen en absoluto amenazantes, solo un grupo de chicos de los suburbios que se encuentran el sábado por la tarde a pasar el rato.

—Una mierda con mierda —repito en voz baja. Eso es. Una mierda con mierda de la cual debo huir.

Doy una larga calada al cigarrillo y suelto el humo como a un conjuro. Una anciana con la espalda encorvada como un garfio sale de un portal con la correa de su perro en una mano y una bolsa de compras en la otra.

Unos minutos más tarde estoy arriba de un taxi rumbo al centro de la ciudad. Las nubes enturbian el horizonte y lo vuelven casi de cartón. Me bajo en las puertas del hotel, me echo la cartera al hombro y camino. Las calles están concurridas. Los automóviles avanzan lentos, los conductores, con las ventanillas abajo, observan a la gente que sin prisa llena los cafés y los restoranes iluminados. Camino a paso rápido, como si esta ciudad me perteneciera, como si mi vida me perteneciera. Me sonrío a mí misma con sorna. Vuelvo a ver la imagen del actor con sus músculos encerados, la mano de F buscando mi sexo bajo mi vestido y siento arcadas.

Junto a la repugnancia, aparece la noción del fin.

Entro a un bar, una sala con espejos enormes en las paredes. Un grupo de hombres juega al billar. Hablan con voces roncas, serias, como si se jugaran la vida. Me siento a una mesa y pido una cerveza y una cajetilla de cigarrillos. Quisiera recular, no haber nunca inventado las historias de mis amantes. El fieltro verde de la mesa de billar se ve gastado como el cuello de una camisa vieja. Recuerdo la tarde del lanzamiento de su novela, cuando entendí que F no dejaría nunca a su mujer, que lo nuestro quedaría para siempre atrapado en este mal sueño, y en lugar de huir acepté venir a esta ciudad. El chasquido de las bolas es preciso, el olor a cigarrillo, intenso, también el calor que sube por mi esófago, ahogándome. Pienso en los pájaros que mencionó F por la mañana, los que confunden los charcos con las nubes y se precipitan hacia su muerte. Me termino la cerveza de un envión y salgo otra vez a la calle. El anochecer se ha quebrado en diferentes oscuridades y el aire está lleno de reflejos fríos. Vuelvo al hotel casi corriendo. Quiero hacer mi maleta y partir a donde sea.

Cuando llego al hotel, F me aguarda sentado al borde de la cama. Saco mi maleta del clóset y comienzo a arrojar mi ropa en ella con un ímpetu casi frenético. Necesito salir de aquí. Me resulta difícil mirarlo. Ahora lo veo tan claro. Su necesidad de llevar la pasión a límites suicidas es un acto equivalente al de esas personas que se ponen una bolsa en la cabeza al momento del orgasmo para sentir la intensidad que provoca la falta de oxígeno con el riesgo de perder la vida.

—S, háblame.

—No hay nada que hablar, pasaste la raya.

—Lo sé, lo sé. Perdóname.

—Te perdono, pero eso no cambia las cosas.

—¿Hay algo que pueda hacer para remediarlo?

—Nada. Ya no.

F da vueltas por el cuarto, se detiene, me mira, continúa su marcha. Puedo oír el rumor de sus pensamientos.

—¿Tienes cigarrillos? —me pregunta.

Nunca lo he visto fumar.

Salimos a la pequeña terraza, enciendo su cigarrillo y luego el mío. De pie, apoyados en la baranda de fierro forjado, miramos hacia la calle. Las farolas dan una luz amarillenta y enfermiza. Las ventanas de los edificios del frente también están iluminadas y se ven las siluetas de las personas moviéndose. Sobre el rumor de la calle se oye el grito de un niño, risas, una música rockera que se filtra de algún cuarto del hotel.

—Tú tienes razón, S —me dice entonces.

—¿En qué? —pregunto en un tono glacial.

Saca su celular del bolsillo y marca un número. Lo escucho decir:

—R, ¿estás en la casa?, tengo que hablar contigo. Es importante.

Llama a su mujer. Tiro el cigarrillo al suelo, lo apago con la suela de mi zapato, cojo mi bolso y salgo.

Un rato después me alcanza en el bar. He pedido un café.

—Está hecho, S. Le dije a R que me voy.

—¿Le hablaste de mí?

—No, para qué enredar las cosas. Todo llegará en su momento. Le dije que me voy y eso es lo que haré.

Me promete que nunca volverá a dejarse llevar por los celos. Pero sobre todo me jura que llegando a Santiago buscará un departamento y se mudará. A fin de este mes estará viviendo solo.

Preparando la nueva vida

Las siguientes semanas buscamos juntos un departamento. F me enviaba los enlaces de los corredores de propiedades y luego los revisábamos juntos. Quería un departamento en el mismo barrio donde vivían su mujer y sus hijas. Un barrio a las faldas de la cordillera, alejado del centro de la ciudad. Un día antes de que se cumpliera el plazo que él se había dado, hizo los arreglos para comprar uno. Tardó otro mes en mudarse. Ese fue un gran día.

Desde la distancia lo acompañé a embalar sus cosas, no muchas, porque a excepción de unos cuantos cuadros, la mayoría se las había dejado a su mujer. Una mañana se subió a su auto y emprendió viaje —metafóricamente hablando, porque se trataba tan solo de unas cuadras— hacia nuestro nuevo hogar.

Poco a poco fuimos armando nuestro departamento con un carácter muy diferente al estilo Martha Stewart que había cultivado con su mujer.

El nuestro era más osado, con una fuerte influencia de los diseños limpios y modernistas de la Bauhaus. Pasábamos horas, él en Santiago y yo en Londres, mirando tiendas en internet. Cuando dábamos con algo que nos gustaba, él lo compraba y luego me enviaba fotos para que aprobara el lugar que le había asignado. Me fui llenando de fotografías que imprimía y pegaba frente a mi escritorio para aprehender mi nueva vida que se constituía a la distancia. En ocasiones, me quedaba mirándolas largo rato, hasta lograr habitar los espacios con mi imaginación. Inventaba detalles que se hacían reales. Una naranja desgajada sobre un plato, una cortina blanca mal corrida, un tazón de té que se enfría sobre la mesa, una hendidura en el sillón, la cordillera que cambia de perfil, suave y azul por la mañana, indistinguible al mediodía, cálida y sinuosa por la tarde.

A la luz de lo que más adelante descubriría, me es difícil imaginar qué buscaba F, qué pretendía, qué sombríos rasgos de su personalidad lo movían cuando me enseñaba el grabado que había enmarcado para nuestro departamento, el arreglo de flores en el jarrón de cerámica que habíamos encontrado juntos, o las bellas ediciones de las novelas de Louisa May Alcott que yo misma le había enviado, dispuestas sobre una repisa en el cuarto que sería de Elisa.

Antes de hablar con mi hija, le pregunté incontables veces a F si estaba seguro de lo que hacíamos. El miedo, como una medusa, me paralizaba. ¿Te das cuenta de que estoy desmantelando mi vida? ¿Nos imaginas viviendo juntos en Chile? Y tus amigos, ¿me aceptarán tus amigos? Dudas y derrumbes que él contenía con tranquilidad y determinación.

La noche antes de hablar con Elisa me fue imposible dormir. Con Christopher ya nos habíamos puesto de acuerdo. Nada le alegraba más que la idea de volver a vivir con su hija. El plan que habíamos cuidadosamente diseñado con F era que antes de fin de año yo dejaría el altillo de Maggie y me iría a pasar unos meses a Santiago. Entretanto, buscaríamos un pequeño apartamento en Londres para comenzar a pasar temporadas en una y otra ciudad.

Esa mañana, como todas las otras, la desperté con mis arrumacos.

—Mamá, hoy es sábado —me dijo rezongando y se dio vuelta hacia la pared.

—Lo sé, mi preciosa.

Me metí en su cama y la abracé. Estaba tibia y húmeda. Volvió a dormirse y yo me quedé ahí, oliéndola, aferrándome a su contacto cálido. Cuando se despertó nuevamente, un rato después, yo la miraba.

—¡Mamá! —exclamó—. Debiera haber una ley que les prohibiera a las mamás mirar a sus hijas cuando duermen. Dormir es algo privado. —Intentó levantarse y yo la tumbé en la cama. Luego ella me dio vuelta y me tumbó a mí—. ¿Ves? Soy más fuerte que tú —dijo.

—Lo eres, Sása. Ahora escúchame.

Y le dije. Le dije que viajaría al país de sus abuelos por un tiempo y que ella se iría a vivir con su padre.

—¿Y Rebecca vivirá con nosotros? —inquirió mientras sacudía la cabeza a un lado y a otro sonriendo.

Su pregunta se enterró entre mis costillas.

—Eso tendrás que preguntárselo a tu papá —le dije.

Quería recular, decirle ¡no!, ¡no!, ¡esto es una equivocación! Tú no irás a ningún lado y yo tampoco, y así permaneceremos las dos muy juntas como siempre ha sido. Como debe ser. Pero no lo hice y a los pocos segundos Elisa corría escaleras abajo buscando a Maggie para ponerla al día de las últimas noticias de su pequeño reino.

Cuando le conté esa noche a F por teléfono los pormenores de nuestra conversación, no pude dejar de derramar algunas lágrimas.

—Todo saldrá bien, cariño, pronto estaremos viviendo juntos en nuestro departamento. De hecho, te voy a mandar la foto de un sillón que me gustaría comprar para sentarnos a leer.

Y lo amé. Lo amé por sostenerme con su fuerza y su seguridad. Por quererme de esa forma tan rotunda.

*

Una semana antes de partir a Chile, F me llamó tarde por la noche. En Santiago debían ser las cuatro de la mañana. Me alarmé. Nunca me llamaba a esas horas. Me dijo que habría resultado sospechoso que de un día para otro yo apareciera en Chile como su novia. Me pidió que postergáramos mi viaje y que nos diéramos otros seis meses para salir a la luz. No quería que sus hijas me culparan por su separación, quería que me apreciaran, que me volviera alguien importante para ellas. Mencionó la paciencia como la virtud esencial de la cual dependía nuestro futuro. Llegado un punto de nuestro diálogo, me di cuenta de que la decisión estaba tomada por su parte y que yo tenía dos opciones: o aceptarla o tirar todo por la borda.

—No. No más. Suelto todo, F —le dije.

Guardó silencio. Lo oí respirar una y otra vez.

—Te lo ruego, S, es por ambos. Mis hijas podrían llegar a hacernos la vida imposible. Son solo seis meses, pasarán volando. Mientras tanto podemos encontrarnos en los lugares más lindos del mundo, donde tú quieras, tú escoges. Te aseguro que si vienes a Chile ahora ellas te detestarán. Además... —se detuvo.

—Además ¿qué?

—Su madre está destruida —concluyó—. Destruida —repitió con voz sombría.

Era la primera vez que me hablaba de su mujer después de la separación. Nunca le había preguntado. No quería saber. Yo había sido esposa. Yo había olido a domesticidad, había sido insípida, había sido informe y frágil, había temido por mi sanidad mental imaginando que Christopher me dejaba por otra mujer.

No. No quería saber de la esposa.

Me di cuenta entonces de que dejarlo todo en ese momento era destruir el delicado andamiaje de varias vidas. Ya no éramos tan solo él y yo. Había una mujer, una esposa a quien el daño mayor ya le había sido ocasionado. Su jarrón de astromelias estaba hecho trizas en el suelo y nada lo recompondría. Estaban también Elisa y Christopher, que se abrían con alegría a la oportunidad de vivir juntos nuevamente. Y estaban las hijas de F, para quienes la aparición de una mujer en la vida de su padre, tan poco tiempo después de la separación, sería una fuente de dolor y rabia.

Ya no era un juego. Y acepté.

Obsesionado y enfermo

A comienzos del otoño inicié una gira por Europa con *Los tiempos del agua*. Eran viajes de dos días, tres a lo más, durante los cuales F seguía cada uno de mis pasos desde la distancia. Cuando yo llegaba a una ciudad, él buscaba mi hotel en Google, identificaba los edificios a los que miraba la ventana de mi cuarto, las calles por donde transitaba y los restoranes a los que por la noche me invitaban. Me preguntaba qué había comido, con quién había estado, qué conversaciones había sostenido. Siempre tenía un comentario sagaz, una observación que desarticulaba los argumentos que se habían planteado. Me di cuenta de que F añoraba el mundo al cual yo pertenecía, pero al mismo tiempo le temía y lo despreciaba.

Era halagador que se interesara por mí de esa forma, pero también —ambos lo sabíamos— corríamos el riesgo de que su atención se volviera letal.

Al no ser testigo, él podía imaginar lo que quisiera. E imaginaba mucho. Las sospechas y los celos que antes estaban confinados principalmente a mis dos amantes inventados, ahora se extrapolaban a todo el género masculino. Su desconfianza azuzaba también la mía. Ambos nos transformamos en agentes secretos. Recolectábamos evidencia de un crimen que no sabíamos si había ocurrido, estaba ocurriendo u ocurriría. El presente comenzó a nunca estar presente, era siempre ayer o mañana. Lo nuestro se volvió un espiral donde los gestos y los sentimientos se repetían una y otra vez: celos, control, explosiones, arrepentimientos, en círculos cada vez más cerrados, extinguiéndose —como en todo espiral— hacia su centro.

*

Fue durante esos viajes míos que el insomnio empezó a perseguir a F. A veces cuando despertaba por la mañana tenía varios mails suyos recordando episodios que yo había olvidado: un diálogo con un barman, un librero que se había acercado a hablarme, cualquier hombre que hubiera pasado ante mis ojos. Comencé a temer comentarle momentos que pudieran instigar sus celos y que antes hubiéramos compartido riendo. Una noche me envió un mail donde me contaba que dormía tan solo tres horas. Me alarmé y lo llamé. Era la una de la mañana en Europa y las seis en Santiago. No contestó. Pensé que debía por fin haberse quedado dormido. Pero al cabo de unos minutos él me llamó. Hablaba en susurros. Me dijo que le dolía la garganta.

—¿Qué haces despierta a esta hora? —fueron sus primeras palabras—. ¿Vienes llegando de una de tus fiestitas?

—¿Otra vez lo mismo? —señalé con una rabia que no quise ocultar—. No, F, de verdad no más.

Y entonces escuché su sollozo, corto, casi imperceptible, pero inequívoco. Carraspeó. Luego respiró hondo. Podía oír cada uno de los movimientos de su ser, oírlos y verlos.

—Cariño —le dije—, me desperté para ir al baño y me encontré con tu mail. Ese donde me dices que ya no duermes.

—Me haces daño, S. Y no sé si pueda seguir soportándolo.

—No, no. ¿Yo hacerte daño? Eso no.

—Me duele todo el cuerpo, apenas puedo concentrarme.

—Eres tú quien te haces daño, amor.

—Tal vez estoy enfermo.

—No digas eso.

—Enfermo y obsesionado por ti. Tus posibles traiciones me persiguen. No me saco de la cabeza a tus amantes.

—F —le dije entonces—, tengo que confesarte algo.

—¿Qué?

—A mis amantes los inventé para ti.

—Eso no es verdad.

—Te lo prometo, los inventé para estar a tu altura, para no quedarme atrás respecto a las tuyas. Pensé que si descubrías mi desierto sexual, mi ineptitud para el romance, ya no te interesaría.

—No te creo.

—Créeme.

—Si te creyera, sería lo mismo, ¿no te das cuenta? Una mujer que es capaz de inventar unas historias así es tal vez más peligrosa que una que las vive.

—Soy escritora. De eso vivo, de inventar.

—Esta no es una novela, supongo que no tengo que explicártelo.

—Yo te quiero. Haría lo que fuera por ti. Si quieres dejo ahora mismo la gira y tomo un vuelo a Santiago. En serio. Lo que sea.

—No —dijo.

—Entonces ven tú. Por favor. Necesitamos conversar cara a cara. Necesitamos abrazarnos, tocarnos. No sabes cuánto lo necesito. Daría lo que sea por darte un mordisquito en el labio.

Guardó silencio. Un silencio portentoso.

Nunca hubiese podido prever que, llegado el momento de las confesiones, él no me creería. Tampoco pude prever el daño que provocarían mis fábulas. Estaba acostumbrada a vivir suspendida entre mundos, el que creaba y el que me tocaba vivir. La línea entre ellos se había deshecho y yo había quedado atrapada en una tierra donde las verdades, como la que le había confesado a F, nacían contrahechas y morían al instante.

—Tienes razón. Tenemos que vernos —dijo al cabo de un rato—. Podría alcanzarte en tu próximo destino. ¿Te parece?

Me pregunté qué lo movía a aceptar ahora, qué vaivenes misteriosos transitaban por su conciencia, pero no podía preguntarle. De hacerlo, el frágil andamio que sostenía esa conversación se vendría abajo.

—¿Si me parece? —reí a viva voz.

Él también rio. Reímos juntos como no lo hacíamos hacía semanas.

Última ciudad

Recogí a F en el aeropuerto del que resultaría ser nuestro último destino. Nuestro último encuentro. Era un sábado de fines de otoño.

Nos fundimos en un abrazo.

Apenas nos desprendimos me anunció que me tenía una sorpresa. Había arrendado un automóvil para llevarme a almorzar a un pueblo a unos pocos kilómetros de la ciudad. Guardamos su equipaje en el maletero y, sin pasar por el hotel, salimos a la carretera. Pronto transitábamos por un camino rural que montaba en curvas suaves y vacías. Las nubes oscuras se desplazaban, el viento tibio anunciaba lluvia. Éramos una burbuja de intensidad y deseo que se movía sin prisa. Después de cruzar un puente, una hilera de cipreses nos indicó el camino para llegar al restorán en la cima de una colina donde F había reservado una mesa.

Comimos calamares, espaguetis con almejas y un vino blanco que se me subió a la cabeza.

—¿Cómo lo vamos a hacer? —le pregunté por fin—. Ya se nos acabó el tiempo. Nos vamos a volver locos.

—Soy yo quien se va a volver loco.

—Tú sabes que yo ya estoy lista. Elisa está viviendo con su padre la mayor parte del tiempo y Maggie arrendó el altillo a una amiga sueca que llega en tres meses. Además, nosotros tenemos nuestro hogar. Lo hemos construido juntos. Puedo incluso volver contigo a Chile ahora mismo. No hay nada que me lo impida.

—¿Lo harías?

—Por supuesto.

Sonreímos.

—Ahora, justo ahora, no es un buen momento, S, estoy con muchísimo trabajo. Esta escapada me va a costar muy cara.

—Pero la necesitábamos.

—Sí, claro que la necesitábamos. —Tomó mi mano—. Cuando llegues, quiero poder dedicarme a ti por completo, a nosotros. ¿Te parece a fin de mes?

—Tanto me parece, que voy a comprar ahora mismo el pasaje para el 30.

En un arranque de valor, tomé mi celular y en minutos había encontrado un boleto. Lo compré.

Antes de que el futuro se volviera informe otra vez, antes de que un desperfecto físico del aire nos arrojara de vuelta a la incertidumbre, antes de que la mesura me detuviera. Cuando le mostré la pantalla con el pasaje, F sonrió con una sonrisa no del todo tensa, pero tampoco plena. Una pizca menos entusiasta de lo que hubiese correspondido. Una pizca menos colorida. Tal vez me había adelantado.

—¿Te parece muy precipitado?

Guardó silencio un segundo, un segundo que, si yo hubiera estado más alerta, hubiese debido considerar.

—Me parece fantástico —tomó mi mano y se la llevó a los labios.

—¿Estás seguro? —le pregunté con seriedad. Volví a preguntarle—: ¿Estás seguro?

—Es lo único que quiero.

Al terminar el almuerzo nos dimos cuenta de que se había largado a llover. Salimos de la casona corriendo y alcanzamos el auto que nos aguardaba frente a unas heráldicas rejas de fierro. Antes de llegar a la carretera, un coche descapotable con el techo echado encima nos adelantó bruscamente. Un joven de perfil altanero, el brazo apoyado sobre la ventanilla abierta, la lluvia arreciando sobre su antebrazo, y una chica arrimada en el costado opuesto con la vista apostada sobre los montes. El descapotable se perdió en las llanuras con la rapidez de un auto de carrera. El camino se abría a través de la tierra verde y plateada. El cielo cambiaba de color, el asfalto se sumía en sombras, el viento cimbreaba nuestra burbuja. En el descenso de una cuesta, divisamos un enjambre de automóviles detenidos en medio de la vía. Luces, movimiento. De pronto lo vimos a un costado del camino. Era el descapotable con las ruedas vueltas hacia el cielo. Un hombre había estacionado su automóvil en la berma del camino e indicaba a los conductores que avanzaran. A los pies de un árbol alcancé a ver el cuerpo desmadejado de la mujer. Unos metros más allá, al borde de una zanja, estaba el cuerpo del hombre.

*

Descanso la cabeza en su pecho mientras tras las ventanas de nuestro cuarto la lluvia cae sobre los techos, los parques, las hojas secas, sobre las calles dormidas, los faroles, sobre el canal y las bicicletas arrimadas a los muros, sobre los sin casa, los suicidas, los enfermos y los insomnes.

—F, ¿te das cuenta de que si a ti te ocurre algo no tendré cómo saberlo, a nadie a quién preguntarle? ¿Me oyes? Podrías desaparecer y yo no sabría nada de ti.

—Pero si nos veremos en menos de tres semanas —dice él acariciando mi mejilla.

—¿Y si algo te pasa en estas tres semanas?

—¿Qué me podría pasar?

—No lo sé. Algo. Ya viste a esos chicos en la carretera. —Me estremezco ante el recuerdo de sus cuerpos a la orilla del camino—. En un minuto nos adelantaban en su descapotable y al siguiente estaban muertos.

—¿Crees que es una advertencia del destino?

—No. No creo en esas cosas.

—Por suerte. No va contigo.

El techo del cuarto es alto y cóncavo, como el de las iglesias, y las paredes de un celeste viejo tienen delicados arabescos color oro. Sobre la consola de cristal hay una cala blanca.

—Al menos tienes que concederme que es un recordatorio de nuestra fragilidad, F, de lo imprevisible y trágico que se puede volver todo en un segundo.

Guarda silencio un instante y luego dice:

—De acuerdo.

Se frota el pecho.

—¿De acuerdo qué?

—Hablaré con un amigo y le daré tu mail.

—¿Quién es? ¿Me has hablado alguna vez de él?

—No lo creo. Es un amigo de la universidad.

Posa su mano sobre mi boca como un bozal y besa mis ojos. Se levanta y me pide que no los abra. Lo escucho moverse en el cuarto. Me cubre los ojos.

—¿Es la corbata de caballitos? —le pregunto.

—Por supuesto.

Recorre mis pechos con su lengua. Besa mis pezones. Oigo su respiración. Abre mis piernas. Lame. Respira. Y yo respiro. Me suspendo, me estremezco. La corbata se desliza levemente de mis ojos y entre los pliegues lo veo. Tiene el celular en la mano y me fotografía.

Más tarde, cuando reposamos uno junto al otro, y en la calle los camiones de la basura avanzan, reculan, chirrían, abren y cierran sus bocas mecánicas en el silencio de la noche, le pregunto:

—¿Qué harás con esas fotografías?

—¿Qué crees tú?

—No sé —digo, sabiendo.

—Imagina.

—¿Recordarme con tus manos?

—Exacto. Recordarte. Recordarte siempre.

Al día siguiente, antes de tomar el vuelo para volver a nuestros respectivos hogares, él a Chile y yo a Londres, me promete que hablará con su amigo y nos dará nuestras respectivas señas.

Un par de días después me bloqueará de todas nuestras vías de comunicación y me borrará de su vida. Sin un insulto, sin una explicación, sin un adiós. Un golpe seco y preciso como el de una guillotina.

La esperanza y las preguntas

¿Por qué no le insistí a F para que me diera las señas de su amigo antes de separarnos en el aeropuerto? Ahora no tenía forma de llegar a él. Todos mis mensajes rebotaban, cualquiera fuera la vía. Escribí un mail a su oficina, incluso inventé un asunto legal para el cual necesitaba asesoría, pero nadie me respondió.

Volvía una y otra vez a los últimos momentos que habíamos pasado juntos, al último beso, al último contacto de nuestros cuerpos, a la última imagen que tuve de él despidiéndose con la mano en alto a las puertas de mi vuelo, y luego sus espaldas, cuando me giré para mirarlo y él partía.

Cada día, la esperanza surgía entre el miedo con su armamento de conjeturas y fantasías. Imaginaba que F me preparaba una sorpresa, una sorpresa tan espléndida que requería de un espacio de silencio para adquirir toda su grandeza. Un día encontré en la prensa una foto suya con la corbata de caballitos. ¡Era un guiño, una señal, quería decirme algo! Recordé las cartas que Swann le enviaba a Odette con fingidas desilusiones e iras para mantener la pasión de ella encendida. F me había bloqueado para darme un buen susto, para azuzar mi deseo. La foto con la corbata de caballitos lo confirmaba. Pronto recibiría un mail suyo colmado de pasión. Y yo, ¿qué haría entonces? ¿Lo recibiría con los brazos abiertos como si nada hubiera ocurrido? No. Yo también debía hacer lo mío. Mi disposición a abandonarlo todo para correr a su lado había estropeado la contienda. Cuando él volviera, debía comenzar a fingir. Sí. Fingir desapego, indiferencia, fingir ser para él la mujer inaccesible de quien se había enamorado. A tales extremos de patetismo distorsionaba la ilusión mi conciencia.

Al cabo de unas semanas, la esperanza agotó todas sus municiones y caí.

Durante el largo tiempo que habíamos estado juntos, F se las había arreglado, y yo se lo había permitido, para instalarse en el centro de mi vida, para habitar cada uno de mis espacios, para que todos mis momentos le pertenecieran. Y ahora cada instante me parecía hueco, apenas el eco doloroso de un recuerdo. Ansiaba emigrar a esos rincones de mí misma que antes me salvaban, pero solo encontraba en ellos tristeza y devastación. No tenía dónde huir. Tirada en la cama, boca abajo, lloraba. Quería hundirme, desaparecer, dejar de sentir. Nada ayudaba, ni las palabras de consuelo, ni los cuidados que Maggie me prodigaba como a una enferma. Me volví un pez atrapado en un anzuelo que se agitaba desesperado para liberarse, sabiendo que, al hacerlo, su cuerpo se haría pedazos. Maggie me aconsejó que fuera a ver a un doctor. Salí de su consulta con un arsenal de antidepresivos.

*

Lo había soñado todo y en todo había fallado. Nuestro gran amor había terminado siendo una gran farsa. Al final, a pesar de todas nuestras pretensiones, no éramos diferentes a los demás. El mismo barro, las mismas bajezas, la misma banalidad. Pero tal vez lo más duro fue darme cuenta de que curarme de F y de nuestro amor sería una forma de morir. Nunca una caricia tendría la fuerza arrasadora que habían tenido las nuestras, nunca esa anticipación, nunca ese cerrar los ojos y dejar que él residiera en mi cuerpo, en mis sentimientos. Pero, sobre todo, nunca más la confianza. Esa era mi gran derrota.

Mientras aguardaba a que los antidepresivos hicieran su trabajo, repasaba cada uno de nuestros encuentros, nuestras ciudades. Comencé a buscar una explicación, ya no en él, sino en mí. Llegué a pensar que F había terminado odiando a la mujer desenfadada y sensual que él mismo con su pasión había traído a la luz. Era como si de tanto frotar la botella para liberar al genio y beneficiarse de sus favores, este hubiera salido a destruirlo. Ansié haber sido capaz de moldearme a cada uno de sus sentimientos, de sus deseos, de sus expectativas. Luego lo odié, lo odié furiosamente por hacerme añorar no ser nada.

¿Era eso?

Quizás en la naturaleza de nuestro amor estaba inserta su destrucción. Mientras estuvimos aislados del mundo, de nuestras mutuas responsabilidades, mientras el secreto y la transgresión fueron el plano de las cosas, estuvimos a salvo. Pero cometimos el error de imaginar. Imaginamos una vida confortable, doméstica, nos imaginamos leyendo uno junto al otro en un cuarto lleno de libros, «bajo una luz ambarina», como él decía. Quizás nuestra falta, y sobre todo la mía, fue haber querido trenzar nuestra pasión con el opaco movimiento del mundo. Tal vez F hundió nuestro amor antes de que lo hiciera la banalidad o, por qué no, antes de que yo misma lo destruyera. Debió pasar por su mente la posibilidad de que yo terminara hartándome de su persecución, de sus insomnios, de las angustias que vertía sobre mí como una cañería de agua sucia. Y tomó la delantera. El que decide cuándo se termina el juego es el que manda. Bloquearme el paso era su forma de volver a ser el vencedor de siempre.

¿Era eso?

Pocas veces fui tan feliz como cuando despertaba junto a F, pero también, aparte de la partida de Noah, pocas veces conocí tanta desolación como cuando nos separaban las disputas y los celos. Recordé su sollozo, el que ahogó con premura y que me hizo entender cuán profundo era su sufrimiento. Quizás nuestra relación era una carga demasiado pesada para él. Quizás añoraba estar de vuelta con su mujer y sus amantes, una combinación que —como él mismo me había confesado alguna vez— se le daba naturalmente, sin grandes conmociones, como un crucero en alta mar cuyos vaivenes resultan imperceptibles para sus pasajeros.

¿Era eso?

Indagaba y pensaba y elucubraba sin llegar nunca a saber si con su desaparición F nos había negado a ambos la auténtica vida o nos había salvado de la decadencia. Volví a recordar *La invención de Morel*. Con los cientos de fotografías que había tomado de nosotros, F podía construir su propia realidad, su propia secuencia e interpretación de los hechos. Tenía además los ziplocs, que ya no tan solo preservaban del tiempo mis calzones, sino también otras prendas mías que se había ido llevando. Como Morel, había encapsulado nuestra historia en una isla, la suya. Y luego me había expulsado.

¿Era eso?

Todos tenemos una cueva donde escondemos lo peor de nosotros. La envidia, el rencor, el aferramiento, las ganas que tenemos a veces de que alguien se muera. Todos sabemos que las noticias que recibimos del mundo interior del otro vienen en cartas cuidadosamente pasadas por la autocensura y el miedo. Pero no esperas que quien crees conocer en un grado más alto de lo ordinario, como yo creía conocer a F, te oculte algo —como descubrí tiempo después— que te resultará chocante al punto de hacerte dudar del sentido de la vida.

*

Transcurrieron varias semanas antes de que pudiera ver un poco de luz. Lo que quedó de mí no fue mucho. Llegué a pesar casi cuarenta kilos. A mis espaldas, el tiempo seguía su curso. Hasta que llegó Anna, la inquilina que ocuparía nuestro altillo. Se suponía que entonces yo estaría en Chile iniciando una nueva vida. Anna era una poeta sueca y se quedaría en Londres por un año. Maggie me ofreció pedirle que buscara otro lugar donde quedarse, ella misma la ayudaría a encontrarlo. No podía irme a vivir sola en ese estado, me dijo. Pero no quise. Me mudé a un apartamento en Brixton, no muy lejos de donde había crecido, me subieron la dosis de antidepresivos y esperé a que el dolor pasara. Era, a diferencia del dolor putrefacto, culposo y paralizante que me había atormentado después de la partida de Noah, un dolor limpio. Devastador, pero limpio.

Elisa

Poco a poco comencé a salir de casa. Daba largas caminatas y me perdía en las calles de Brixton que habían acogido a mis padres cuando llegaron, y que ahora me protegían de mí misma. Supe que lo peor había pasado cuando una tarde me di cuenta de que por la ventana de nuestro nuevo hogar entraba el olor del jazmín que en el invierno habíamos plantado con Elisa. Mis sentidos habían desaparecido durante ese tiempo. Sin visión, sin olfato, sin tacto, había vivido como un organismo unicelular, una ameba. Me asomé y miré. Vi el resplandor amarillo de las ventanas al otro lado de la calle, vi la silueta de un hombre que extendía una tela blanca, tal vez una sábana, un mantel, vi las nubes silenciosas, vi un gato bajarse de un muro y perderse entre los matorrales, vi un puñado de hojas deslizarse en la acera.

*

Una mañana invité a Elisa al parque de Clapham Common, a unas pocas cuadras de nuestro nuevo hogar. Podíamos llevar pan, queso, fruta, pasar a comprar muffins y hacer un picnic.

—¿Estás segura, mamá? —me preguntó sorprendida.

Ese último tiempo para ella y para todos yo había estado enferma. Una falla renal poco común que se complicó y luego el desánimo que esta dejó en mí, me salvaron de tener que dar más explicaciones de las imprescindibles.

Elisa había crecido. Tenía once años. Había vuelto a vivir conmigo, pero pasaba más tiempo que antes en casa de su padre y Rebecca. Su vida estaba llena de secretos. Chicos, amigas perdidas y ganadas, un mundo que ella resguardaba con aplicado celo.

En el parque, los volantines volaban en zigzag, los chicos en patines pasaban veloces junto a nosotras, las madres jóvenes empujaban sus coches hablando por celular o cuchicheándole a sus bebés que agitaban los bracitos en el aire, los perros corrían en las extensiones verdes de un lado a otro persiguiendo mosquitos. Elisa apretaba mi mano y me miraba, como si una vez más yo fuera a sumirme en las sombras. Yo había hecho lo posible por estar presente para ella. Había pintado su nuevo cuarto de amarillo, juntas habíamos instalado las repisas para sus libros, cocinado, visto series, construido una escenografía en miniatura para su escuela y practicado variadas coreografías. Pero en cada uno de esos momentos yo no había estado. Y ella lo sabía.

Encontramos un rincón bajo una gigantesca haya cerca de una de las lagunas y extendimos nuestro paño a rayas azules. Elisa abrió ansiosa el canasto de picnic que habíamos heredado de mi madre y sacó con parsimonia los cubiertos, los platos, el pan, el queso, la fruta, el termo y los muffins que habíamos comprado en la panadería del barrio, y dispuso todo bellamente sobre el paño. Luego sacó el celular del bolsillo de sus jeans y, dando vueltas alrededor de su obra para encontrar el encuadre y el ángulo de luz adecuado, tomó varias fotos y se las envió a alguien.

Cogí un muffin y me lo eché entero a la boca. Lo que cupo. El resto cayó en mis manos y en el mantel a rayas.

—¡Mamá! —me gritó Elisa y movió la cabeza a uno y otro lado a modo de reprimenda—. ¿Es que nunca vas a crecer?

Ambas reímos. Seguimos riendo por un buen rato, como dos personas que comparten un secreto.

Nadie sabe lo que puede un cuerpo

No recuerdo bien lo que sentí cuando lo vi. Tal fue la estampida de sentimientos, tanta la conmoción que me produjo. Caminaba junto a una joven por el mismo corredor por el cual hacía unos años lo había divisado acercarse a la mesa donde yo tomaba una copa de champaña con Jorge Reyes, el escritor colombiano que en ese entonces recién conocía. Estoy segura de que F me vio primero, porque solo fui consciente de su presencia cuando casi alcanzaba nuestra mesa. Me preparaba, junto a un grupo de escritores chilenos, para participar en un encuentro en el festival de letras al cual Jorge Reyes —según me prometió esa vez— me había invitado.

Los tiempos del agua había sido por fin publicado en español. En tanto, había escrito una novela. Y mientras lo hacía, descubrí que hasta entonces utilizaba la escritura para ocultarme bajo un aura de candidez. Mis palabras surgieron impúdicas, despabiladas, como si el dolor las hubiera limpiado de algo que acarreaban desde mi prehistoria. No me importaba que entre letra y letra se asomara, como en el fondo de un pozo, el agua podrida. Pensaba en Hemingway y su afán por exponer ante el mundo su inestabilidad, su miedo, su egoísmo, incluso la frialdad de sus sentimientos, e imaginaba cuán enorme debió ser su esfuerzo, pero al mismo tiempo cuán liberador.

Tal vez F hubiera pasado de largo ante nuestra mesa si un escritor chileno no lo hubiese detenido.

—F.R., qué sorpresa tenerte por aquí —le dijo.

Cuando recibí el mail de Jorge Reyes para invitarme al festival, recordé que al conocernos había mencionado la coincidencia anual con el congreso de abogados. Pensé que era muy probable que F estuviera ahí. Sería mi oportunidad, si él seguía vivo, de por fin saber la verdad. Sin embargo, a pesar de los dos años transcurridos, me sentía demasiado débil para enfrentarla —cualquiera esta fuera— y decliné su invitación. Mi madre había muerto hacía pocos meses cuando me escribió. Y con ella se habían ido mis raíces, mi historia. Había siempre batallado para diferenciarme de ella, y ahora que había partido resentía no haberle preguntado más, no haberme acercado a sus deseos, a sus sueños, que a pesar mío estaban incrustados en mis genes. Era como si una parte de mí hubiera quedado clausurada. Por eso, cuando en su segundo mail Jorge mencionó que Chile sería el país invitado, decidí ir.

Pero no hay pensamientos ni premeditaciones que te preparen para los hechos. Y ahí estaba, tomando cerveza con un grupo de escritores y F frente a nosotros con una joven, que bien podía ser su hija, tomada del brazo.

Advertí la curiosidad que F generaba en los chilenos. Como abogado y escritor podía transitar de un mundo a otro con los beneficios que esta doble militancia le otorgaba. La pobreza —el fantasma que persigue a quienes sobrevivimos de las letras— jamás llegaría a acosarlo.

—¿Conoces a S.N.? —le preguntó una bella escritora nicaragüense señalándome. Habíamos conversado el primer día y nuestra complicidad había sido instantánea.

Por una fracción de segundo F miró a la chica que llevaba prendida del brazo. Una mirada intensa, cómplice. Ella se desprendió de él.

—No —dijo, y acto seguido respondió a una pregunta que le hacía uno de los escritores.

Lo conocía lo suficiente como para distinguir, tras su negación y su talante seguro, su desconsuelo.

Él sabía que no solo negaba nuestro amor, nuestra historia, sino que además dejaba en evidencia ante mí su bajeza, su falta de coraje, y eso debía dolerle más que nada en el mundo. No estaba preparada para encontrármelo, pero menos aún para que pasara sus ojos sobre mí como si yo fuera un mueble colonial más del glamoroso hotel donde habíamos tenido sexo mientras él hablaba con su mujer. Me levanté controlando cada uno de mis gestos con la escasa prestancia que me quedaba, y salí caminando por el pasillo. Había cientos de formas posibles de reaccionar, que solo ahora, a la distancia, puedo barajar. Agudas, irónicas, crueles, explosivas. Pero en ese instante no había para mí otra alternativa que la de ocultar las estúpidas lágrimas que saltaron nada más crucé el umbral de mi cuarto. Esa tarde no fui capaz de participar en el coloquio. Seguía tan expuesta y dolida como al principio. Era como si el tiempo no hubiera pasado sobre mí. Como si la partida de mi madre no me hubiese mostrado que la materia de la vida está hecha de asuntos más ricos, más complejos y profundos que las pasiones y las aventuras románticas. Claro que imaginé a F tirando con la chica como había tirado conmigo. Debía tener menos de treinta años y su cuerpo debía ser firme y atlético, su culo respingado, sus tetas exuberantes. Creí incluso oír a lo lejos ese grito gutural que él intentaba contener infructuosamente cuando se corría. ¿Se tocaría frente a ella como lo había hecho conmigo? ¿Abriría ella la boca para recibir su semen como lo hacía yo? ¿Le vendaría los ojos con la corbata de caballitos y pasaría su pene por su rostro para que ella lo encontrara? La mente no tiene límites cuando se trata de torturarnos.

F no había podido cumplir la promesa que me había hecho, la de ser otro para mí, para nosotros. Qué empalagosa y absurda sonaba ahora esa palabra: «Nosotros».

En su exhibición llamada *Cuídese mucho*, la artista Sophie Calle expone el mail que le envió un hombre para terminar con ella y la reacción de ciento siete mujeres a sus palabras. Al iniciar su romance, Sophie Calle le había puesto una sola condición: exclusividad. Y él había prometido cumplirla. Al cabo de un tiempo —en camino de consumar una traición o tal vez ya habiéndola consumado— el hombre le advirtió en la carta que no era capaz de cumplir su promesa. Arrastrado por la angustia que lo impelía a buscar alivio en otros cuerpos —mal que él enuncia como «intranquilidad»— había comenzado a llamar a otras mujeres. A pesar del dolor que le provocaba la idea de perderla, no podía evitarlo. Se despedía de ella y terminaba la carta con un campante «Cuídese mucho».

No pude dejar de preguntarme cuándo F había empezado a traicionarme. ¿Antes de que yo hablara con Elisa, de que renunciara a mi trabajo y a mi hogar, durante el proceso, después? Las preguntas continuaban, pero ahora las respuestas habían perdido relevancia. La verdad que había descubierto esa tarde —y que después resultaría no ser la correcta— era de una banalidad que no requería detalles.

*

A la mañana siguiente llamé al agente de viajes y le pedí que me buscara un pasaje de vuelta para esa misma noche. La presentación de mi novela era a mediodía. Le diría a Jorge Reyes, quien a la distancia se había vuelto un buen amigo, que algo terrible había ocurrido. Y le estaría diciendo la verdad. El agente me prometió hacer lo posible por ayudarme. Luego llamé a Elisa. Conversamos como siempre. Como si estuviéramos a unas pocas cuadras. Me contó que Rebecca se había caído y se había torcido un tobillo, me contó que había dormido en casa de una amiga y que sus padres se habían pasado la noche peleando, me contó que tenía que escribir un ensayo sobre Giacometti y yo le prometí hacerlo juntas apenas llegara.

Más aliviada, bajé a la piscina. Nadar me daría la fuerza que necesitaba para llegar hasta el final de ese día. El sol había despuntado y la humedad resplandecía sobre los helechos y las palmeras del jardín. En los corredores, los sirvientes caminaban apresurados con sus bandejas llevando el desayuno a las parejitas que se habían pasado la noche follando, como F y su ninfa. Mi cabeza había vuelto a transformarse en una fábrica de dolor. Tenía que salir de ahí como fuera.

A cierta distancia, distinguí a una mujer echada en una poltrona junto a la piscina. Llevaba un sombrero que cubría su rostro. No fue hasta que bajé las escalinatas de la piscina que la reconocí. Bajo la sombra de su gigantesco sombrero, la ninfa de F me sonrió. Nadé a lo largo de la piscina sin descanso, una y otra vez, con la esperanza de que entretanto la chica tomara sus cosas y desapareciera. El gramo de sanidad mental que aún poseía contrarrestaba mi deseo de seguir torturándome cuando la viera levantarse de su poltrona con toda su magnífica juventud.

Había dejado la bata blanca del hotel a la orilla de la piscina. Salí de un brinco y me la puse. Mi ser entero apestaba a derrota. Me disponía a tomar mi bolso y partir cuando la chica me habló.

—Hola —desplegó una sonrisa de resplandecientes dientes blancos—. Tú eres amiga de mi papá, ¿verdad?

Por un instante pensé que era una ironía. Que se refería a su amante como su padre por la diferencia de edad. Pero luego hizo un gesto para que me acercara a ella y dijo:

—Soy O, la hija de F.

No sé si fue la confianza con que pronunció su nombre o su expresión un dejo desafiante lo que me dio a entender la plena consciencia que la Hija Menor tenía de mí.

Pensé que mi reacción de la tarde anterior, a pesar de la naturalidad que intenté desplegar, debió dejar en evidencia que algo difícil nos unía con F, y la Hija Menor debió preguntarle. Un patético sentimiento se coló en mí: la esperanza. Si no estaba con una mujer, entonces yo seguía siendo el amor de su vida. ¡Sí! Yo misma había visto su desolación al negarme. F había llegado hasta ahí con el propósito de encontrarse conmigo y aguardaba la ocasión de abordarme para explicármelo todo. No solo estaba vivo, sino que aún me amaba. Una pasión como la nuestra no se extinguía de un zarpazo. El recuerdo de la angustia, la rabia, las horas hecha un ovillo esperando una respuesta que nunca llegó, perdía todo su peso al enfrentarse al monstruo de la esperanza.

—Ven, siéntate conmigo un ratito —me dijo la Hija Menor mientras encendía un cigarrillo—. Anoche no dormí nada.

Llevaba puesto el maquillaje que debió usar la noche anterior y que empezaba a descascararse, dejando al descubierto unas oscuras ojeras. La ninfa que había poblado mis pesadillas las últimas horas de pronto era una mujer frágil, tan desesperada como yo.

Amarré en mi cintura el cordón de la bata blanca y me senté en la punta de una poltrona con los brazos cruzados en mi regazo como una armadura, presta a huir cuando fuera necesario.

—Leí tu libro —me dijo.

—¿Verdad? ¿Anoche?

—No, no —rio—. No soy tan buena lectora. Lo leí cuando salió en Chile, a fines del año pasado. No soy ninguna experta, pero me gustó. Escribes bonito, me fascinaron las imágenes y me identifiqué con esa pena que tienen los personajes.

Me gustó su franqueza, su falta de pretensiones.

—Se lo di a leer a mi mamá y ella también se lo tragó. Lo leímos todos en la familia, hasta mi hermana, y eso que ella no lee ni el diario.

¿Qué intentaba decirme? ¿Que toda la familia estaba al tanto de lo que había ocurrido entre su padre y yo? ¿Que les importaba un comino porque lo nuestro no significaba nada en sus perfectas vidas? La trama se volvía más compleja e inextricable. La esperanza, esa bestia capaz de construir las teorías más inverosímiles con tal de sobrevivir, reculó bruscamente. ¿Qué sabía la Hija Menor de mí, de nosotros, tenía ella las respuestas a las preguntas que me habían obsesionado todo ese tiempo? Lo más probable es que F continuara con su vida de seductor ahora que se había separado. Estaban, sin embargo, los intersticios, sus motivos más profundos, los dilemas a los cuales debió enfrentarse, estaba el misterio de un hombre que creí conocer y que no conocía en absoluto. Pero a ninguna de esas interrogantes podría la Hija Menor darles una respuesta.

Por un momento, pensé contarle todo. Sería mi venganza. Traer a la luz los pormenores de nuestra historia frente a los ojos de su adorada hija. Por mucho que supiera, no podía saber toda la verdad. Porque era imperdonable. Imperdonable que yo hubiera dormido en la cama matrimonial donde tal vez ella misma había sido concebida, imperdonable que le hubiese pedido a F que me follara en la bicicleta fija donde su madre les daba guerra a los kilos y al tiempo. Era imperdonable que F me hubiera confesado que su mujer, con su conservadurismo y su apariencia de señora bien, lo avergonzaba.

—Gracias por tus palabras —le dije en cambio.

—No, no, gracias a ti. De verdad me gustó mucho.

Le dio una calada a su cigarrillo que ya casi se había consumido entre sus dedos y lo tiró al suelo con cierta violencia.

¿Qué decir ahora? ¿Comentar el clima voluble de esa región del mundo? Unas nubes bajas se arremolinaban sobre nuestras cabezas. Probablemente llovería y luego saldría el sol, y la humedad y el calor tropical seguirían consumiéndonos. Ambas guardamos silencio como si hubiéramos llegado a un lugar del camino donde puedes recular o seguir, sabiendo que, si sigues, te internas en un territorio donde ya no estarás a salvo, donde los códigos de civilidad, de mesura, de educación y humanidad habrán desaparecido. Por eso me levanté de la poltrona y me despedí de ella. No era capaz de resistir más embates. Además, ella no sería el objeto de mi venganza, esa habría sido una venganza prosaica que me sumergiría en el inframundo donde habitaba F. Yo no era como él.

*

Apenas entré a mi cuarto llamé nuevamente al agente de viajes. Me dijo que no había logrado conseguirme un pasaje para esa noche, pero sí uno para la mañana siguiente. Era un vuelo intrincado, con dos paradas, pero en 48 horas estaría a salvo en mi departamento de Brixton. Aunque la urgencia por huir había amainado ahora que sabía que F no estaba ahí con una mujer, no habría sido capaz de soportar la angustia, la anticipación de verlo aparecer en un recodo del hotel o de las calles de la ciudad.

La Hija Menor asistió a la presentación de mi libro y se sentó en la segunda fila. Mientras yo hablaba, ella tenía puestos los ojos sobre mí con una mezcla de éxtasis y curiosidad. Cuando la presentación terminó, fue la primera en acercarse para que le firmara su ejemplar. Lo había traído de Santiago. ¿Sabía acaso que yo estaría ahí? No era improbable, el programa del festival estaba en las redes. De pronto me sentí como una rata en su laberinto, mientras desde las alturas los científicos observan su comportamiento y sacan conclusiones. ¿Era yo la rata de F y su hija? Apenas terminé de firmar volví al hotel. Me quedaría en mi cuarto hasta que llegara la hora de partir al aeropuerto. Era una decisión. Sin embargo, a las ocho de la noche mi amiga nicaragüense tocó a mi puerta. Se había dado cuenta de que algo me ocurría. Le dije que era incapaz de contarle, pero acepté ir a cenar con ella y los escritores chilenos. Salíamos del hotel cuando divisé a F. Se subía con su hija y otra mujer a un taxi. Por un segundo no la reconocí, pero al instante se me hizo evidente. Era su mujer. Sí, era ella. ¿Qué mierda hacía con su mujer? Maldije haber aceptado la invitación a ese festival, maldije la noche y el calor, maldije el golpe pesado y duro en mi pecho, y maldije el dolor. Pero, sobre todo, maldije a F por el poder que todavía ejercía sobre mí. Decidí ir a cenar de todas formas. Volver ahora a mi cuarto era encerrarme en una celda llena de serpientes. Apenas llegamos al restorán, pedí un whisky doble e intenté acoplarme a las conversaciones. Permanecí quieta. Como un insecto. Después de la cena, mi amiga insistió en que nos uniéramos a otros escritores en el bar del hotel. Acepté. Tenía que atravesar esa maldita noche como fuera, y embriagarme hasta la inconsciencia no era una mala opción. Al día siguiente estaría sentada en un vuelo que me llevaría lejos de F y de sus viciosos secretos.

Llevábamos un buen rato en el bar cuando apareció la Hija Menor. Traía una falda corta, un peto brillante que dejaba al descubierto su ombligo y tacos altos que resonaron en el piso de madera. Uno de los escritores chilenos la invitó a una copa. Ella tomó su mentón en un gesto desafiante y, con un tono de actriz de telenovela, señalándome, le dijo:

—No, corazoncito, no vengo por ti, vengo por ella.

Me gustó su ademán, me gustó que vistiera así. Yo sabía y ella sabía que era una forma de retar a su padre donde más le dolía: en su sagrado buen gusto. Debía ser vergonzoso para él que su hija se exhibiera así frente a sus colegas abogados y a todos esos escritores chilenos. Recordé los vestidos que él me regalaba, tan circunspectos, y cómo una noche yo había arrojado a la basura todos mis atuendos que él consideraba de mal gusto o indecorosos.

La Hija Menor estaba borracha. Y yo también. Nos arrellanamos en un rincón del bar y pedimos una botella de vino. Celebraríamos. Celebraríamos mi presentación, ese encuentro, lo que fuera. Las cosas fluyeron rápido. Ya no había filtros. Éramos dos mujeres a quienes el destino había unido y nosotras le otorgaríamos la venia que se merecía. Fue así, entre copa y copa, risas, silencios y gestos desconsolados, que por fin me enteré de la verdad. La última.

*

Fue la Hija Menor quien descubrió lo nuestro. Ocurrió lo de siempre. Lo que les sucede a todos, incluso a los impostores más avezados. El mail abierto en un descuido. Y ella, siempre pendiente de los actos de su padre, siempre atemorizada ante la posibilidad de que él las dejara, leyó nuestra correspondencia. No completa, eran años de intercambios, pero sí lo suficiente como para tomarle el peso a nuestra relación. También para descubrir que su padre me había hecho creer que se había separado, que vivía solo, que me aguardaba. Sí lo suficiente como para darse cuenta de que yo cerraba mi vida postigo a postigo, que renunciaba a vivir con mi hija por él. Sí lo suficiente como para entender que ella, su hermana y su madre no habían sido las únicas traicionadas. Pero qué importaba yo. Una desconocida. Solo tenía una opción, hacerle saber a su padre que había sido descubierto, y para ello me bloqueó de su mail. Ahí mismo. En ese mismo instante. Su deber era defender a su familia.

—Lo siento —dije.

—¿Por qué dices eso? —preguntó con desdén y encendió un nuevo cigarrillo, tal vez el décimo, o el onceavo—. No creo que te importara ser la amante de un hombre casado.

—Dame uno. Si quieres que te diga la verdad, no me importaba. Fui una amante feroz que no se detuvo ante nada. Hace rato que dejé de intentar ser una santa. Sobrevivo y cuido a los míos, igual que tú.

Le di una calada a mi cigarrillo.

Era una delincuente que confesaba sin culpa su delito. Una mujer de extramuros, aunque mi apariencia fuera la de una respetuosa ciudadana. No me desagradaba ese papel. La heroína herida y desalmada de la novela de mi vida. Recordé la primera laguna. El personaje que había interpretado ante F a los diecisiete años no era diferente al de ahora. Al final, a pesar del transcurrir del tiempo, hay en el centro de cada uno algo que no se mueve.

—Yo hubiera hecho lo mismo que tú si me hubiera encontrado ante una pasión así —dijo sorpresivamente—. Pero estábamos en bandos opuestos.

—Sí. Tú... —la señalé con el dedo y reí. Estábamos borrachas, pero no lo suficiente como para no saber lo que decíamos—. ¿Y qué te pasó cuando lo descubriste?

—No fue bonito saber que tenía una amante, pero no eras la primera.

—Lo sé.

—Menos bonito aún fue descubrir su doble juego —soltó una risa hechiza.

Me explicó que lo único que le importaba en ese entonces era que todo siguiera igual, que nada cambiara. Pero también quería que su padre supiera que había sido ella quien lo descubrió y por eso había dejado sobre su escritorio la pulsera de oro que él le había regalado. Aquel gesto sería el secreto que la Hija Menor compartiría con su padre y que lo ataría a ella el resto de su vida. La misma pulsera que me había obsequiado y que yo le había prometido llevar para siempre. Ahora, irónicamente, ambas las traíamos puestas. ¿También la suya tendría grabadas sus iniciales? La Hija Menor lo conocía lo suficiente como para saber que una vez descubierto, él terminaría conmigo. Había un tono triunfal en su voz cuando declaró esto último. Lo que no sabía, y yo tampoco se lo dije, es que F ni siquiera había terminado conmigo, que había desaparecido de mi vida como un prófugo.

¿Qué habría sucedido si la Hija Menor no lo hubiera detenido? ¿Cuánto tiempo habría F dilatado su farsa? Tal vez contaba con mi devoción, e imaginaba que el estado de desamparo en que me encontraba, habiendo deshecho mi vida, me haría seguir aceptando sus prórrogas indefinidamente. O quizás, cuando su hija lo desenmascaró, él mismo estaba atrapado en un infierno del cual no sabía cómo salir y ella, con su acto, lo había salvado. Eso explicaría que no solo no revirtiera la acción de su hija, para lo cual bastaba apretar una tecla, sino que además me bloqueara de su WhatsApp y diera instrucciones en su oficina para que, si yo intentaba comunicarme con él, no obtuviera respuesta.

Pero eso no era todo. La Hija Menor, con su tono frío y distante, continuó hablando. El departamento que habíamos encontrado juntos él y yo a la distancia y todo lo que contenía: el sofá naranja, las repisas de libros, los floreros de cerámica, las fuentes de madera, ese estilo ecléctico y relajado que había surgido de nuestra complicidad, nunca fue nuestro. Ese departamento fue pensado desde el principio como un regalo para ella cuando saliera de la clínica, después de que el lupus le provocara un accidente cerebrovascular y tuviera que pasar por una larga rehabilitación. Él lo había comprado y alhajado para ella. Con una expresión donde convivían la vergüenza y un dejo de deleite, me mostró las fotografías en su celular. Me pregunté cuántas veces debió ella imaginar ese instante, el momento de la revelación, de la venganza con la mujer que intentó arrebatarle su vida. Un momento, sin embargo, que sería también de degradación a su padre y a ella misma. Hasta entonces, ella había sido la única depositaria de esa verdad, secreto que ahora compartía conmigo en un acto de dos caras, de dos filos.

Fue ver el cuarto amarillo de Elisa, con la colección de las novelas de Louisa May Alcott que yo le había enviado para cuando Elisa llegara, lo que terminó por vencerme.

—¿Y ese cuarto? —le pregunté.

—Ah, es de mi sobrina. A veces se queda conmigo.

—¿Y alguien ha leído esas novelas de Louisa May Alcott? —pregunté con un hilo de voz que apenas salía de mi garganta.

—Mi padre me las trajo de uno de sus viajes porque de niña me fascinaban. Es una colección preciosa. Tiene ilustraciones del siglo diecinueve, las mismas de sus ediciones originales.

F nunca vivió en nuestro departamento. Nunca dejó a su mujer, ni su casa, ni su vida. Nunca miró por la ventana la cordillera imaginando un futuro juntos. Nunca encargó sushi y luego lo botó a la basura porque de pronto sintió tristeza de no poder compartirlo conmigo. Nunca se miró en el espejo de nuestro baño sopesando dejarse la barba para mí. Nunca sacó de sus ziploc mis calzones para extenderlos sobre nuestra cama —que nunca fue nuestra— e imaginarme. Nunca se sentó en el escritorio que compartiríamos, miró mis fotos y se masturbó frente a su computadora oyendo a todo volumen a los Rolling Stones. Todos esos momentos que me había descrito con sumo detalle y pasión no eran más que invenciones. Incluso, esa llamada a su mujer para decirle que la dejaría había sido una farsa. Me encontraba frente a un extraño, un hombre que había convertido su vida en una gran mentira. Tal vez en su mente de ganador, haberme engañado al punto de lograr que yo desarmara mi vida por él, fuera su mayor victoria. No podía dejar de preguntarme qué sentía cuando cerraba los ojos y se encontraba frente a la oscuridad de sí mismo, al vacío de la existencia. Ese vacío que la mayoría de las personas paliamos con afectos y lealtades.

Quizás en sus artimañas había un elemento que le daba un sentido a su vida de una forma que nada más se lo otorgaba. Pensé en la doble vida de los espías. Ellos tienen sus ideales y una nación que se supone deben resguardar y defender. ¿Pero, qué tenía F? El hombre que yo había conocido se esfumaba en los intersticios de la noche como el ladrón de vidas que era.

Ahí estábamos, la Hija Menor y yo terminándonos nuestra segunda botella de vino en el bar del hotel ya cerrado, mientras las primeras luces del alba despuntaban en el jardín. No había mucho más que decir.

Durante los dos años que busqué una respuesta imaginé que cuando la encontrara, una hendidura se abriría hacia la luz. Una revelación que, como en las películas y en las novelas, les devuelve a las cosas su sentido. Pero el telón de la historia había caído y lo que quedaba era miserable. Me pregunté entonces si existía una venganza en el amor, tal vez la única posible era dejar de amar.

Una inesperada calma se apoderó de mí. Tranquilidad y alivio de saber que en unas cuantas horas estaría a miles de kilómetros de F y sus falsas vidas. También sentí lástima por él. Qué miserable debía ser vivir en ese cuerpo, en ese vertedero que seguramente eran su cabeza y su corazón. Lástima de su condena a una existencia fútil, sin fondo, sin nobleza. Supe entonces, como se saben ciertas cosas sin necesidad de grandes evidencias, que por fin lo estaba logrando. Había amanecido cuando nos despedimos. Subí a mi cuarto y preparé mi maleta. Una hora después, el taxi me pasó a buscar.

La naturaleza del deseo de Carla Guelfenbein
se terminó de imprimir en agosto de 2022
en los talleres de
Litográfica Ingramex, S.A. de C.V.,
Centeno 162-1, Col. Granjas Esmeralda, C.P. 09810,
Ciudad de México.